GEORGES SIMENON

TROIS CHAMBRES A MANHATTAN

PRESSES DE LA CITÉ

ISBN 2-258-1913-3

1

Il s'était relevé brusquement, excédé, à trois heures du matin, s'était rhabillé, avait failli sortir sans cravate, en pantoufles, le col du pardessus relevé, comme certaines gens qui promènent leur chien le soir ou le matin de bonne heure. Puis, une fois dans la cour de cette maison qu'il ne parvenait pas, après deux mois, à considérer comme une vraie maison, il s'était aperçu, en levant machinalement la tête, qu'il avait oublié d'éteindre sa lumière, mais il n'avait pas eu le courage de remonter.

Où en étaient-ils, là-haut, chez J. K. C. ? Est-ce que Winnie vomissait déjà ? C'était probable. En gémissant, sourdement d'abord, ensuite de plus en plus fort, pour finir par une interminable crise de sanglots.

Son pas résonnait dans les rues à peu près vides de Greenwich Village et il pensait toujours à ces deux-là qui l'avaient une fois de plus empêché de dormir. Il ne les avait jamais vus. Ces lettres même, J. K. C., il ignorait ce qu'elles représentaient. Il les avait seulement lues, peintes en vert, sur la porte de son voisin.

Il savait aussi, pour être passé un matin dans le corridor quand la porte était entrouverte, que le plancher était noir, d'un noir luisant comme une laque, probablement un vernis, ce qui l'avait d'autant plus choqué que les meubles étaient rouges.

Il savait bien des choses, mais par fragments, sans pouvoir les relier entre elles. Que J. K. C. était peintre. Que Winnie habitait Boston.

Quel était son métier? Pourquoi venait-elle invariablement à New York le vendredi soir et non un autre jour de la semaine, ou pour le week-end, par exemple? Il y a des professions où l'on a son congé tel ou tel jour. Elle arrivait en taxi, de la gare évidemment, un peu avant huit heures du soir. Toujours à la même heure, à quelques minutes près, ce qui indiquait qu'elle descendait du train.

A ce moment-là, elle avait sa voix aiguë, car elle avait deux voix. On l'entendait aller et venir en parlant avec volubilité comme une personne en visite.

Le couple dînait dans l'atelier. Régulièrement, un traiteur italien du quartier apportait le repas un quart d'heure avant l'arrivée de la jeune femme.

J. K. C. parlait à peine, d'une voix sourde. Malgré le peu d'épaisseur des cloisons, on ne pouvait jamais saisir ce qu'il disait, sauf quelques bribes, les autres soirs, quand il téléphonait à Boston.

Et pourquoi ne téléphonait-il jamais avant minuit, parfois bien après une heure du matin?

— Allô!... Longue distance?

Et Combe savait qu'il en avait pour un bon moment. S'il reconnaissait au passage le mot Boston, il n'avait jamais pu distinguer le nom du bureau. Puis venait le prénom Winnie, le nom de famille qui commençait par un P, un O et un L, mais dont il ignorait la fin.

Enfin le long murmure, en sourdine.

C'était exaspérant. Moins cependant que les vendredis. Qu'est-ce qu'ils buvaient en dînant ? Ils devaient boire sec, en tout cas, Winnie surtout, car sa voix devenait bientôt plus basse et plus cuivrée. Comment pouvait-elle se déchaîner de la sorte en si peu de temps ? Jamais il n'avait imaginé une telle violence dans la passion, une telle bestialité sans contrainte.

Et lui, ce J. K. C. au visage inconnu, gardait son calme et le contrôle de lui-même, parlait toujours d'une voix égale et comme condescendante.

Après chaque nouveau déchaînement, elle buvait à nouveau, elle réclamait à boire, on devinait l'atelier en désordre, avec souvent des verres brisés sur le fameux plancher noir.

Cette fois-ci, il était sorti sans attendre le revirement inévitable, les allées et venues précipitées dans la salle de bains, les hoquets, les vomissements, les larmes, et enfin cette plainte qui n'en finissait pas, de bête malade ou de femelle hystérique.

Pourquoi continuait-il d'y penser et pourquoi était-il parti ? Il se promettait, un matin, d'être dans le couloir ou dans l'escalier quand elle sortirait. Car, après de pareilles nuits, elle avait le courage, régulièrement, de se lever à sept heures. Elle n'avait pas besoin de la sonnerie d'un réveil. Elle ne dérangeait même pas son compagnon, car on ne les entendait pas parler.

Quelques bruits dans la salle de bains sans doute un baiser sur le front de l'homme endormi, et elle ouvrait la porte, se glissait dehors où elle devait marcher à pas secs dans les rues à la recherche d'un taxi pour la conduire à la gare.

Comment était-elle alors ? Retrouvait-on sur son visage, dans la lassitude des épaules, dans le rauque de la voix, des traces de sa nuit?

C'était cette femme-là qu'il aurait voulu voir. Pas celle du soir, qui débarquait du train pleine d'assurance et qui entrait dans l'atelier comme chez de quelconques amis.

Celle du matin, celle qui s'en allait toute seule dans le petit jour tandis que l'homme, tranquillement égoïste, dormait encore, le front moite effleuré d'un baiser.

Il était arrivé à un carrefour qu'il reconnaissait vaguement. Une boîte de nuit fermait ses portes. Les derniers clients, sur le trottoir, attendaient en vain des taxis. Deux hommes, qui avaient beaucoup bu, juste au coin de la rue, ne parvenaient pas à se séparer, se serraient la main, s'éloignaient un moment l'un de l'autre et se rejoignaient aussitôt pour d'ultimes confidences ou pour de nouvelles protestations d'amitié.

Il avait l'air, lui aussi, de quelqu'un qui sort d'un cabaret et non de quelqu'un qui sort de son lit.

Mais il n'avait rien bu. Il était à froid. Il n'avait pas passé sa soirée dans une chaude atmosphère de musique, mais dans le désert de sa chambre.

Une station de *subway*, toute noire, métallique, au milieu du carrefour. Un taxi jaune qui s'arrêtait enfin au bord du trottoir et que dix clients assaillaient en grappe. Le taxi, non sans peine, repartait à vide. Sans doute, les gens n'allaient-ils pas de son côté ?

Deux larges avenues à peu près vides, avec, le long des trottoirs, comme des guirlandes de boules lumineuses.

Au coin, de longues vitrines à la lumière violente, agressive, d'une vulgarité criarde, une sorte de longue cage vitrée plutôt, où l'on voyait des humains faire des taches sombres et où il pénétra pour ne plus être seul.

Des tabourets fixés au sol, tout le long d'un comptoir interminable fait d'une froide matière plastique. Deux matelots ivres, debout, oscillaient, et l'un d'eux lui serra gravement la main en lui disant quelque chose qu'il ne comprit pas.

Il ne le fit pas exprès de s'asseoir à côté d'une femme et il ne s'en rendit compte que quand le nègre en veste blanche s'arrêta devant lui en attendant sa commande.

Cela sentait la foire, la lassitude populaire, les nuits où l'on traîne sans pouvoir se décider à se coucher et cela sentait New York aussi par son laisser-aller brutal et tranquille.

Il commanda n'importe quoi, des saucisses chaudes. Puis il regarda sa voisine et elle le regarda. On venait de lui servir des œufs frits au lard mais, sans y toucher, elle allumait une cigarette, lentement, posément, après avoir imprimé la courbe rouge de ses lèvres sur le papier.

— Vous êtes français ?

C'est en français qu'elle lui avait posé la question, en un français qu'il crut d'abord sans accent.

— Comment l'avez-vous deviné ?

— Je ne sais pas. Dès que vous êtes entré, avant même que vous ne parliez, j'ai pensé que vous étiez français.

Elle ajouta, avec une pointe de nostalgie dans le sourire :

— Parisien?

— Parisien de Paris...

— Quel quartier?

Vit-elle qu'un léger nuage passait devant ses yeux?

— J'avais une villa à Saint-Cloud... Vous connaissez?

Elle récita, comme sur les bateaux parisiens :

— Pont de Sèvres, Saint-Cloud, Point-du-Jour...

Puis, d'une voix un peu plus basse :

— J'ai habité Paris pendant six ans... Vous connaissez l'église d'Auteuil?... J'avais mon appartement tout à côté, rue Mirabeau, à deux pas de la piscine Molitor...

Combien étaient-ils de clients dans la boutique à saucisses? Une dizaine à peine, séparés les uns des autres par des tabourets vides, par un autre vide indéfinissable et plus difficile à franchir, un vide qui émanait peut-être de chacun?

Il n'y avait, pour les relier entre eux, que les deux nègres en veste sale qui se retournaient de temps en temps vers une sorte de trappe où ils prenaient une assiette remplie de quelque chose de chaud qu'ils faisaient glisser ensuite le long du comptoir vers l'un ou l'autre des consommateurs.

Pourquoi tout cela donnait-il une impression de grisaille, en dépit des lumières aveuglantes? C'était comme si les lampes aux rayons trop aigus qui blessaient les yeux eussent été incapables de dissiper toute la nuit que ces hommes, émergés du noir du dehors, apportaient avec eux.

— Vous ne mangez pas? demanda-t-il parce qu'il y avait un silence.

— J'ai tout le temps.

Elle fumait comme fument les Américaines, avec les mêmes gestes, la même moue des lèvres que l'on retrouve sur la couverture des magazines et dans les films. Elle avait les mêmes poses qu'elles, la même façon de rejeter son manteau de fourrure sur les épaules, de découvrir sa robe de soie noire et de croiser ses longues jambes gainées de clair.

Il n'avait pas besoin de se tourner vers elle pour la détailler. Il y avait un miroir tout le long de la boutique à saucisses et ils s'y voyaient tous les deux l'un à côté de l'autre. L'image était dure et l'on eût juré que les traits étaient un peu de travers.

— Vous ne mangez pas non plus! remarqua-t-elle. Il y a longtemps que vous êtes à New York?

— Six mois environ.

Pourquoi crut-il nécessaire de se présenter? Un

petit mouvement d'orgueil, certainement, qu'il regretta aussitôt.

— François Combe, prononça-t-il sans assez de désinvolture.

Elle dut entendre. Elle ne broncha pas. Pourtant, elle avait vécu en France.

— A quelle époque étiez-vous à Paris?

— Attendez... La dernière fois, c'était il y a trois ans... J'y suis passée à nouveau en quittant la Suisse, mais je m'y suis à peine arrêtée...

Elle enchaîna aussitôt :

— Vous connaissez la Suisse?

Puis, sans attendre sa réponse :

— J'ai passé deux hivers dans un sanatorium, à Leysin.

Chose curieuse, ce furent ces petits mots-là qui le firent la regarder pour la première fois comme une femme. Elle continuait avec une gaieté de surface qui l'émut :

— Ce n'est pas si terrible qu'on l'imagine... En tout cas, pour ceux qui en sortent... On m'a affirmé que j'étais définitivement guérie...

Elle écrasait lentement sa cigarette dans un cendrier et il regarda une fois encore la trace comme saignante que ses lèvres y avaient imprimée. Pourquoi, l'espace d'une seconde, pensa-t-il à cette Winnie qu'il n'avait jamais vue?

Peut-être à cause de la voix, il s'en avisa tout à coup. Cette femme dont il ne connaissait ni le nom ni le prénom avait une des voix de Winnie, sa voix d'en bas, sa voix des moments tragiques, sa voix de plainte animale.

C'était un peu sourd et cela faisait penser à une blessure mal cicatrisée, à une douleur dont on ne souffre plus consciemment, mais qu'on garde, adoucie et familière, au fond de soi.

Elle commandait quelque chose au nègre et Combe fronça le sourcil, car elle mettait dans l'intonation, dans l'expression de son visage, la même séduction fluide qu'elle avait eue en lui adressant la parole.

— Vos œufs vont être froids, dit-il avec humeur.

Qu'est-ce qu'il espérait? Pourquoi avait-il envie d'être hors de cette salle où un miroir sale leur renvoyait leurs deux images?

Avait-il l'espoir qu'ils s'en iraient ensemble comme ça, sans se connaître?

Elle commença à manger ses œufs, lentement, avec des gestes exaspérants. Elle s'interrompait pour verser du poivre dans le jus de tomate qu'elle venait de commander.

Cela ressemblait à un film au ralenti. Un des marins, dans un coin, était malade, comme Winnie devait l'être à présent. Son compagnon l'aidait avec une fraternité touchante et le nègre les regardait, suprêmement indifférent.

Ils restèrent là une heure durant et il ne savait toujours rien d'elle, il s'irritait qu'elle trouvât sans cesse une nouvelle occasion de s'attarder.

Dans son esprit à lui, c'était comme s'il eût été convenu de tout temps qu'ils s'en iraient ensemble et, par conséquent, comme si, par son obstination inexplicable, elle l'eût frustré d'un peu du temps qui leur était dévolu.

Plusieurs petits problèmes le préoccupèrent pendant ce temps-là. L'accent, entre autres. Car, si elle parlait un français parfait, il n'y décelait pas moins un léger accent qu'il n'arrivait pas à définir.

Ce fut quand il lui demanda si elle était américaine et qu'elle lui répondit qu'elle était née à Vienne qu'il comprit.

— Ici, on m'appelle Kay, mais, quand j'étais petite, on m'appelait Kathleen. Vous connaissez Vienne?

— Je connais.

— Ah!

Elle le regarda un peu à la façon dont il la regardait. En somme, elle ne savait rien de lui et il ne savait rien d'elle. Il était passé quatre heures du matin. De temps en temps, quelqu'un entrait, venant Dieu sait d'où, et se hissait sur un des tabourets avec un soupir de lassitude.

Elle mangeait toujours. Elle avait commandé un affreux gâteau couvert d'une crème livide et en cueillait de minuscules morceaux du bout de sa cuiller. Au moment où il espérait qu'elle avait fini, elle rappelait le nègre pour lui réclamer un café et, comme on le lui servait brûlant, il fallait attendre encore.

— Donnez-moi une cigarette, voulez-vous? Je n'en ai plus.

Il savait qu'elle la fumerait jusqu'au bout avant de sortir, que peut-être elle en demanderait une autre et il était surpris lui-même de son impatience sans objet.

Est-ce que, une fois dehors, elle ne lui tendrait pas tout simplement la main en lui disant bonsoir?

Dehors, ils y furent enfin, et il n'y avait plus personne au carrefour, rien qu'un homme qui dormait, debout, adossé à l'entrée du *subway*. Elle ne proposa pas de prendre un taxi. Elle marcha, suivit naturellement un trottoir, comme si ce trottoir devait la conduire quelque part.

Et, alors qu'ils avaient parcouru une centaine de mètres, après qu'elle eut buté une fois ou deux, à cause de ses talons trop hauts, elle accrocha sa main au bras de son compagnon, comme s'ils eussent, de tout temps, marché ainsi dans les rues de New York, à cinq heures du matin.

-:-

Il devait se souvenir des moindres détails de cette nuit-là qui, alors qu'il la vivait, lui donnait une telle sensation d'incohérence qu'elle en paraissait irréelle.

La 5e Avenue, interminable, qu'il ne reconnut soudain, après en avoir franchi une dizaine de blocs, qu'à une petite église...

— Je me demande si elle n'est pas ouverte? dit Kay en s'arrêtant.

Puis, avec une nostalgie inattendue :

— Je voudrais tant qu'elle soit ouverte !

Elle l'obligea à s'assurer que toutes les portes étaient fermées.

— Tant pis... soupira-t-elle en s'accrochant de nouveau à son bras.

Puis, un peu plus loin :

— J'ai un soulier qui me fait mal.

— Voulez-vous que nous prenions un taxi?

— Non, marchons.

Il ne connaissait pas son adresse, n'osait pas la lui demander. C'était une sensation étrange de marcher ainsi dans la ville immense, sans avoir la moindre idée de l'endroit où ils allaient, de leur avenir le plus immédiat.

Il vit leur image dans une vitrine. A cause de sa fatigue, peut-être, elle se penchait un peu sur lui et il pensa qu'ils ressemblaient ainsi aux amants qui, la veille encore, lui donnaient le dégoût de sa solitude.

Il lui était arrivé, surtout les dernières semaines, de serrer les dents au passage d'un couple qui sentait le couple, d'un couple dont émanait comme une odeur d'intimité amoureuse.

Et voilà que, pour ceux qui les voyaient passer, ils formaient un couple, eux aussi. Drôle de couple !

— Cela ne vous ferait pas plaisir de boire un whisky?

— Je croyais que c'était interdit à cette heure.

Mais, déjà, elle était partie sur sa nouvelle idée; elle l'entraînait dans une rue transversale.

— Attendez... Non, ce n'est pas ici... C'est dans la suivante...

Elle devait, fébrile, se tromper deux fois de maison, faire ouvrir la porte verrouillée d'un petit bar d'où filtrait de la lumière et où un laveur les regarda avec des yeux ahuris. Elle n'abandonnait pas la partie, questionnait le laveur et enfin, après un quart d'heure d'allées et venues, ils se trouvèrent dans une pièce en sous-sol, où trois hommes buvaient lugubrement à un comptoir. Elle connaissait l'endroit. Elle appela le barman Jimmy, mais, peu après, elle se souvint que c'était Teddy et elle expliqua longuement son erreur au barman indifférent. Elle lui parla aussi des gens avec qui elle était venue une fois et l'autre la regardait toujours d'un œil vague.

Elle mit presque une demi-heure à boire un scotch et elle en voulut un second, alluma ensuite une cigarette, toujours la dernière.

— Dès que celle-ci est finie, promettait-elle, nous partons...

Elle devenait plus volubile. Dehors, sa main serra davantage le bras de Combe et elle faillit tomber en montant sur un trottoir.

Elle parla de sa fille. Elle avait une fille quelque part en Europe, mais il ne put pas savoir où, ni pourquoi elle en était séparée.

Ils atteignaient les environs de la 52ᵉ Rue et, au fond de chaque rue transversale, ils apercevaient maintenant les lumières de Broadway, avec de la foule noire qui coulait sur les trottoirs.

Il était presque six heures. Ils avaient beaucoup marché. Ils se sentaient aussi las l'un que l'autre et ce fut Combe qui risqua tout à coup :

— Où habitez-vous?

Elle s'arrêta net, le regarda avec des yeux où il crut d'abord lire du courroux. Il se trompait, il s'en aperçut aussitôt. C'était du trouble, peut-être une véritable détresse qui envahissait ces yeux-là dont il ne connaissait pas encore la couleur.

Elle fit quelques pas toute seule, quelques pas précipités, comme pour le fuir. Puis elle s'arrêta, l'attendit.

— Depuis ce matin, dit-elle alors en le regardant bien en face, les traits durcis, je n'habite nulle part.

Pourquoi fut-il ému au point d'avoir envie de pleurer? Ils étaient là, debout près d'une devanture, les jambes si lasses qu'ils en vacillaient, avec cette âcreté du petit matin dans la gorge, ce vide un peu douloureux dans le crâne.

Les deux whiskies leur avaient-ils mis les nerfs à fleur de peau?

C'était ridicule. Ils avaient tous les deux de l'eau entre les paupières et ils paraissaient s'épier. Et l'homme, d'un geste bêtement sentimental, saisissait les deux poignets de sa compagne.

— Venez... disait-il.

Il ajoutait, après une légère hésitation :

— Venez, Kay.

C'était la première fois qu'il prononçait son nom. Elle questionnait, déjà docile :

— Où allons-nous?

Il n'en savait rien. Il ne pouvait pas la conduire chez lui, dans cette baraque qu'il détestait, dans cette chambre dont le ménage n'était pas fait depuis plus de huit jours et dont le lit était en désordre.

Ils marchèrent à nouveau et, maintenant qu'elle lui avait avoué qu'elle n'avait même pas de domicile, il avait peur de la perdre.

Elle parlait. Elle expliquait une histoire compliquée, pleine de noms ou plutôt de prénoms qui n'évoquaient rien pour lui et qu'elle prononçait comme si le monde entier devait les connaître.

— Je partageais l'appartement de Jessie... Je voudrais tant que vous connaissiez Jessie!... C'est la femme la plus séduisante que j'aie jamais rencontrée... Son mari, Ronald, a obtenu, il y a trois ans, une situation importante à Panama... Jessie a essayé de vivre là-bas avec lui, mais elle n'a pas pu, à cause de sa santé... Elle est revenue à New York, d'accord avec Ronald, et nous avons pris un appartement ensemble... C'était dans Greenwich Village, non loin de l'endroit où vous m'avez rencontrée...

Il l'écoutait et, en même temps, il essayait de résoudre le problème de l'hôtel. Ils marchaient toujours et ils étaient tellement imprégnés de fatigue qu'ils ne la sentaient plus.

— Jessie a eu un amant, Enrico, un Chilien, qui est marié et qui a deux enfants... Il était sur le point de divorcer pour elle... Vous comprenez?

Sans doute. Mais il suivait mollement le fil de l'histoire.

— Ronald a dû être averti par quelqu'un, je crois que je sais par qui... Ce matin, je venais de sortir quand il est arrivé à l'improviste... Il y avait encore les pyjamas et la robe de chambre d'Enrico dans la penderie... La scène a dû être terrible... Ronald est le type qui reste calme dans les circonstances les plus difficiles, mais je n'ose pas imaginer ses colères... Quand je suis rentrée, à deux heures de l'après-midi, la porte était fermée... Un voisin m'a entendue frapper... Jessie, avant de partir, était parvenue à lui laisser une lettre pour moi... Je l'ai dans mon sac...

Elle voulait ouvrir ce sac, prendre la lettre, la lui montrer. Mais ils venaient de traverser la 6ᵉ Avenue et Combe s'était arrêté sous l'enseigne lumineuse d'un hôtel. L'enseigne était violette, d'un vilain violet, au néon.

Lotus Hotel.

Il poussait Kay dans le vestibule et, plus que jamais, il avait l'air de craindre quelque chose. Il parlait à mi-voix à l'employé de nuit penché sur son comptoir et on finissait par lui remettre une clef avec une plaque de cuivre.

Le même employé manœuvrait pour eux un ascenseur minuscule qui sentait les toilettes. Kay pinçait le bras de son compagnon, lui disait à voix basse :

— Essaie d'obtenir du whisky. Je parie qu'il en a...

Ce n'est que plus tard qu'il s'aperçut qu'elle l'avait tutoyé.

-:-

C'était l'heure, à peu près, à laquelle Winnie se levait sans bruit, sortait du lit moite de J. K. C. et se glissait dans la salle de bains.

La chambre, au *Lotus*, avait le même aspect poussiéreux que le jour qui commençait à filtrer entre les rideaux.

Kay s'était assise dans un fauteuil, sa fourrure rejetée en arrière, et, d'un mouvement machinal, elle avait fait sauter ses chaussures de daim noir, aux talons trop hauts, qui gisaient maintenant sur le tapis.

Elle tenait son verre à la main et buvait à petites gorgées, le regard un peu fixe. Son sac était ouvert sur ses genoux. Il y avait une longue échelle, comme une cicatrice, à l'un de ses bas.

— Verse-moi encore un verre, veux-tu. Je te jure que c'est le dernier.

La tête lui tournait, c'était visible. Elle but ce verre-là plus vite que les autres et resta un bon moment comme enfermée en elle-même, comme loin, très loin de la chambre, de l'homme qui attendait sans savoir encore ce qu'il attendait au juste.

Enfin, elle se leva et on voyait ses orteils à travers le rose fondant des bas. Elle commença par détourner la tête l'espace d'une seconde, puis, simplement, si simplement que ce geste eut l'air d'avoir été décidé depuis toujours, elle fit deux pas vers son compagnon, écarta les bras pour le prendre aux épaules, se hissa sur la pointe des pieds et colla sa bouche à sa bouche.

Les préposés au nettoyage venaient, dans les couloirs, de brancher les aspirateurs électriques et l'employé de nuit, en bas, se préparait à rentrer chez lui.

2

LE plus déroutant, c'est qu'il avait failli se réjouir de ne pas la retrouver à côté de lui, alors qu'une heure, que quelques minutes seulement plus tard, pareil sentiment lui paraissait déjà invraisemblable, sinon monstrueux. Cela n'avait d'ailleurs pas été une pensée consciente de sorte qu'il pouvait nier presque honnêtement, fût-ce vis-à-vis de lui-même, cette première trahison.

Quand il s'était réveillé, la chambre était dans l'obscurité, traversée par deux larges faisceaux rougeâtres que les enseignes lumineuses de la rue enfonçaient comme des coins par les fentes des rideaux.

Il avait tendu la main et sa main n'avait rencontré que le drap déjà refroidi.

S'était-il vraiment réjoui, avait-il pensé, consciemment pensé, que c'était beaucoup plus simple, plus facile ainsi?

Non, sans doute, puisqu'en découvrant de la lumière sous la porte de la salle de bains il avait ressenti un léger choc dans la poitrine.

Comment, ensuite, les choses s'étaient passées, il en gardait à peine le souvenir, tant cela avait été facile, naturel.

Il s'était levé, il se le rappelait, parce qu'il avait envie de fumer. Elle devait avoir entendu son pas sur le tapis: Elle avait ouvert la porte, alors qu'elle était encore sous la douche.

— Tu sais l'heure qu'il est? avait-elle demandé gaiement.

Et lui, qui avait honte de sa nudité et qui cherchait son caleçon :

— Je ne sais pas, non.

— Sept heures et demie, mon vieux Frank.

Or ce nom-là, qu'on ne lui avait jamais donné avant cette nuit, le faisait tout à coup plus léger, d'une légèreté qui allait lui rester pendant des heures et rendre tout si aisé qu'il avait la merveilleuse impression de jongler avec la vie.

Qu'est-ce qui s'était passé encore? Cela n'avait pas d'importance. Rien n'avait désormais d'importance.

Il disait par exemple :

— Je me demande comment je vais me raser...

Et elle, à peine ironique, plus tendre qu'ironique :

— Tu n'as qu'à téléphoner au chasseur d'aller t'acheter un rasoir et de la crème à raser. Tu veux que je téléphone?

Cela l'amusait. Elle se réveillait sans rides, alors que lui restait maladroit, dans une réalité si nouvelle qu'il n'était pas trop sûr de sa réalité.

Il se souvenait, à présent, de certaines intonations, quand elle constatait, par exemple, avec une pointe de satisfaction :

— Tu n'es pas gras...

Il répondait, le plus sérieusement du monde :

— J'ai toujours pratiqué les sports.

Il avait failli gonfler ses pectoraux, faire jaillir ses biceps.

C'était étrange, cette chambre dans laquelle on s'était couché avec la nuit et dans laquelle on se réveillait avec la nuit. Il avait presque peur de la quitter, comme s'il craignait d'y laisser une partie de lui-même qu'il risquait de ne plus jamais retrouver.

Chose plus curieuse encore, ils ne pensaient ni l'un ni l'autre à s'embrasser. Ils s'habillaient tous les deux, sans honte. Elle prononçait sur un ton réfléchi :

— Il faudra que je m'achète des bas.

Elle passait son doigt mouillé de salive sur l'échelle qu'il avait remarquée la veille.

De son côté, il lui demandait avec une certaine gaucherie :

— Tu veux bien me prêter ton peigne?

La rue, déserte quand ils étaient arrivés, se révélait bruyante, grouillante, pleine de bars, de restaurants, de boutiques qui laissaient rarement entre elles un vide obscur.

C'était encore plus savoureux, cette solitude équivoque, cette détente qu'ils avaient l'impression de voler à la foule de Broadway.

— Tu n'as rien oublié?

Ils attendaient l'ascenseur; c'était une jeune fille en uniforme, indifférente et maussade, et non plus le bonhomme de la nuit, qui le conduisait. A une heure près, on l'eût sans doute retrouvé à son poste et il aurait compris, lui.

En bas, Combe alla déposer sa clef au bureau, tandis que Kay, très calme, très nette, l'attendait à quelques pas, comme on attend un mari ou un amant de toujours.

— Vous gardez la chambre?

Il dit oui à tout hasard, bas et vite, non seulement à cause d'elle, mais davantage encore par une sorte de superstition, pour ne pas effaroucher le sort en ayant l'air de présager déjà de l'avenir.

Qu'en savait-il? Rien. Ils ne savaient toujours rien l'un de l'autre, moins encore que la veille peut-être. Et, pourtant, jamais deux êtres, deux corps humains ne s'étaient abîmés l'un dans l'autre plus sauvagement, avec une sorte de fureur désespérée.

Comment, à quel moment avaient-ils sombré dans le sommeil? Il ne s'en souvenait pas. Il s'était réveillé une fois, alors qu'il faisait grand jour. Il l'avait trouvée le visage encore douloureux, le corps comme écartelé, un pied et une main pendant du lit jusqu'à terre, et il l'avait recouchée sans qu'elle ouvrît les yeux.

Maintenant, ils étaient dehors, ils tournaient le dos à l'enseigne violette du *Lotus* et Kay lui tenait le bras, comme durant l'interminable marche de la nuit.

Pourquoi lui en voulut-il de lui avoir déjà tenu le bras la veille, d'avoir, trop tôt, lui semblait-il à présent, et avec trop de naturel, accroché sa main au bras de l'inconnu qu'il était?

Elle dit comiquement :

— Nous pourrions peut-être manger?

Comiquement parce que tout leur paraissait comique, parce qu'ils allaient, entrechoqués par la foule, avec une légèreté de balles de ping-pong.

— Dîner? demanda-t-il.

Et elle éclata de rire.

— Si nous commencions par le petit déjeuner?

Il ne savait plus qui il était, quel âge il avait. Il ne reconnaissait pas cette ville qu'il avait arpentée, amer ou crispé, pendant plus de six mois, et dont la puissante incohérence l'émerveillait soudain.

Cette fois-ci, c'était elle qui le conduisait comme si c'eût été chose toute naturelle et il questionna, docile :

— Où allons-nous?

— Manger quelque chose à la *cafetaria* du « Rockefeller Center ».

Ils atteignaient déjà le building central. Kay se dirigeait avec aisance dans les vastes couloirs de marbre gris et, pour la première fois, il fut jaloux. C'était ridicule.

Pourtant, c'est d'une voix anxieuse d'adolescent qu'il questionna :

— Tu y viens souvent?

— Quelquefois. Quand je suis dans le quartier.

— Avec qui?

— Imbécile.

A croire qu'ils avaient par miracle, en une nuit, en moins d'une nuit, parcouru le cycle que les amants mettent des semaines ou des mois à connaître.

Il se surprit à épier le garçon qui prenait leur commande pour s'assurer qu'il ne la connaissait pas, qu'elle n'était pas venue maintes fois avec d'autres, qu'il ne lui adresserait pas un petit signe de reconnaissance.

Cependant, il ne l'aimait pas. Il était sûr de ne pas l'aimer. Déjà il se hérissait en la voyant prendre une cigarette dans son sac, avec des gestes conventionnels, la porter à ses lèvres dont le rouge colorait aussitôt le papier, chercher son briquet.

Elle finirait sa cigarette, il le savait, servie ou non servie. Elle en allumerait une autre, d'autres sans doute avant de se décider à avaler la dernière goutte de café au lait au fond de sa tasse. Elle fumerait une cigarette encore avant de sortir, avant d'écraser le bâton de rouge sur ses lèvres en les avançant légèrement, avec une gravité exaspérante, vers le miroir de son sac à main.

Il restait néanmoins. Il ne pouvait même pas penser qu'il y avait autre chose à faire que rester. Il attendait, résigné à cela, résigné peut-être déjà à bien d'autres choses et il se vit, dans la glace, un sourire à la fois crispé et enfantin, un sourire qui lui rappelait son temps de collège, quand il se demandait tragiquement si une aventure qui s'ébauchait irait ou non jusqu'au bout.

Il avait quarante-huit ans.

Il ne le lui avait pas encore dit. Ils n'avaient pas parlé de leur âge. Est-ce qu'il lui avouerait la vérité? Dirait-il quarante? Quarante-deux?

Qui sait, d'ailleurs, s'ils se connaîtraient encore dans une heure, dans une demi-heure?

N'était-ce pas pour cela qu'ils s'attardaient, qu'ils avaient usé le temps à s'attarder depuis qu'ils se connaissaient, parce que rien ne leur permettait d'entrevoir un avenir possible?

La rue, une fois encore, la rue où, en définitive, ils se sentaient le mieux chez eux. C'était si vrai que leur humeur y changeait, qu'ils retrouvaient automatiquement cette légèreté miraculeuse qu'ils avaient connue par accident.

Des gens faisaient la queue devant les cinémas. Quelques-unes des portes matelassées que gardaient des hommes en uniforme devaient s'ouvrir sur des dancings.

Ils n'entraient nulle part. Ils n'y pensaient pas. Ils traçaient leur sillon zigzaguant dans la foule jusqu'au moment où Kay tourna vers lui un visage sur lequel il reconnut tout de suite certaine qualité de sourire.

Au fait, n'était-ce pas ce sourire-là qui était la cause de tout?

Il avait envie de lui dire, comme à une enfant, avant qu'elle parlât :

— Oui...

Car il savait. Et elle comprit qu'il savait. La preuve, c'est qu'elle promit :

— Un seul, veux-tu?

Ils ne se donnèrent pas la peine de chercher et, au premier coin de rue, ils poussèrent la porte d'un petit bar. Celui-ci était si intime, si feutré, si volontairement complice aux amoureux qu'il leur parut avoir été mis exprès sur leur route et que Kay se tourna vers son compagnon pour lui dire d'un regard :

— Tu vois?

Puis, tendant la main, elle murmura :

— Donne-moi cinq *cents*.

Il ne comprenait pas, tendait la pièce de nickel. Il la voyait s'approcher, au coin du comptoir, d'une énorme machine aux formes arrondies qui contenait un phonographe automatique avec sa portion de disques.

Elle était grave comme il ne l'avait pas encore vue. Le front plissé, elle lisait les titres des disques à côté des touches de métal et, enfin, elle dut trouver ce qu'elle cherchait, elle fit jouer un déclic, revint se hisser sur son tabouret.

— Deux scotchs.

Elle attendait, un sourire vague aux lèvres, les premières notes, et il connut à ce moment le second pincement de la jalousie. Avec qui, où avait-elle entendu ce morceau qu'elle avait cherché avec tant de sérieux?

Stupidement, il épia le barman indifférent.

— Ecoute... Ne fais pas cette tête-là, chéri...

Et de la machine cernée de lumière orangée sourdait, très douce, quasi confidentielle, une de ces mélodies qui, pendant six mois ou un an, chuchotées par une voix tendrement insinuante, servent à bercer des milliers d'amours.

Elle lui avait saisi le bras. Elle le serrait. Elle lui souriait et, pour la première fois, dans ce sourire, elle découvrait des dents blanches, trop blanches, d'une blancheur un peu frêle.

Est-ce qu'il voulut vraiment parler? Elle fit :

— Chut!...

Et, un peu plus tard, elle lui demandait :

— Donne-moi encore un *nickel,* veux-tu?

Pour rejouer le même disque qu'ils allaient, ce soir-là, en buvant des whiskies et sans pour ainsi dire se parler, faire tourner sept ou huit fois.

— Cela ne t'ennuie pas?

Mais non. Rien ne l'ennuyait, et pourtant il se passait un phénomène assez curieux. Il voulait rester avec elle. Il lui semblait qu'il n'était bien qu'auprès d'elle. Il avait une peur lancinante du moment où il leur faudrait se séparer. En même temps, ici comme à la *cafetaria,* comme la nuit dans la boutique à saucisses ou dans le bar où ils avaient fini par échouer, il était en proie à une impatience quasi physique.

La musique finissait par le pénétrer, lui aussi, d'une sorte de tendresse à fleur de peau et il n'en avait pas moins envie que ce fût fini, il se promettait malgré lui :

— Après ce disque-ci, nous partons.

Il en voulait à Kay d'être capable de marquer de pauses leur course sans raison et sans but.

Elle questionna :

— Qu'est-ce que tu voudrais faire?

Il ne savait pas. Il n'avait plus la notion de l'heure, ni de la vie quotidienne. Il n'avait aucune envie de s'y replonger, mais il n'en était pas moins en proie à un malaise vague qui l'empêchait de s'abandonner à la minute présente.

— Cela t'ennuierait que nous allions faire un tour à Greenwich Village?

Qu'importait? Il était à la fois très heureux et très malheureux. Dehors, elle eut une hésitation qu'il comprit. C'était étonnant comme ils percevaient tous les deux les moindres nuances de leurs attitudes.

Elle se demandait s'ils allaient prendre un taxi. Il n'avait pas été question d'argent entre eux. Elle ignorait s'il était riche et elle s'était un peu effarée, tout à l'heure, du montant des whiskies.

Il leva le bras. Une voiture jaune s'arrêta au bord du trottoir et ils se trouvèrent, comme des milliers et des milliers de couples à la même heure, dans l'ombre douce de l'auto, avec des lumières multicolores qui dansaient des deux côtés du dos du chauffeur.

Il s'aperçut qu'elle retirait son gant. C'était pour glisser tout simplement sa main nue dans la sienne et ils restèrent ainsi sans bouger, sans parler tout le temps que dura le trajet jusqu'à Washington Square. Ce n'était plus le New York bruyant et anonyme qu'ils venaient de quitter mais, dans la ville même, un quartier qui ressemblait à une petite ville telle qu'on en peut trouver dans n'importe quel pays du monde.

Les trottoirs étaient déserts, les boutiques rares. Un couple sortait d'une rue transversale et c'était l'homme qui poussait avec gaucherie une voiture d'enfant.

— Je suis contente que tu aies accepté de venir. J'ai été si heureuse ici !

Il eut peur. Il se demanda si elle allait se raconter. Le moment viendrait fatalement où elle lui parlerait d'elle et où il lui faudrait parler de lui.

Mais non. Elle se taisait. Elle avait une façon plus tendre de s'appuyer à son bras et elle eut un geste qu'il ne lui connaissait pas encore, qu'en réalité il ne connaissait pas du tout et qui était pourtant si simple : tout en marchant, elle passa vivement sa joue contre sa joue à lui, avec juste un temps d'arrêt à peine perceptible.

— Tournons à gauche, veux-tu?

Il était à cinq minutes de marche de chez lui, de sa chambre où il se rappelait soudain qu'il avait laissé la lumière allumée.

Il eut un rire intérieur qu'elle devina : ils ne pouvaient déjà plus rien se cacher.

— Pourquoi ris-tu?

Il faillit le lui dire, puis il réfléchit qu'elle voudrait sans doute monter chez lui.

— Pour rien. Je ne sais plus à quoi je pensais.

Elle s'arrêtait au bord du trottoir, dans une rue où il n'y avait que des maisons hautes de trois ou quatre étages.

— Regarde... dit-elle.

Elle fixait une de ces maisons, à la façade blanche, où l'on voyait quatre ou cinq fenêtres éclairées.

— C'est ici que j'habitais avec Jessie.

Plus loin, en sous-sol, aussitôt après la boutique d'un blanchisseur chinois, on apercevait un petit restaurant italien aux vitres tendues de rideaux à carreaux rouges et blancs.

— C'est là que nous allions souvent dîner toutes les deux.

Elle comptait les fenêtres, ajoutait :

— Au troisième étage, la deuxième et la troisième fenêtre en commençant par la droite... C'est tout petit, tu sais... Il y a juste une chambre, un living-room et une salle de bains...

C'était à croire qu'il s'y attendait, qu'il s'attendait à avoir mal.

Car il avait mal, tout à coup, un mal qu'il s'en voulait de ressentir, et il l'interrogea, presque hargneux :

— Comment faisiez-vous quand Enrico venait voir ton amie?

— Je couchais sur le divan du living-room.

— Toujours?

— Que veux-tu dire?

Il savait qu'il y avait quelque chose. La voix de Kay avait hésité en prononçant ces derniers mots. Elle répondait à une question par une question, avouant ainsi son embarras.

Et lui, furieux, se souvenant de la cloison qui le séparait de Winnie et de son J. K. C. :

— Tu sais fort bien à quoi je pense...

— Marchons...

Tous les deux, seuls, dans le désert du quartier. Avec l'impression qu'ils n'avaient plus rien à se dire.

— Tu veux qu'on entre ici?

Un petit bar, encore, un petit bar qu'elle devait connaître, puisque c'était dans sa propre rue. Tant pis! Il dit oui et ils le regrettèrent aussitôt, car ce n'était plus l'intimité complice du bar de tout à l'heure, la salle était trop vaste, pisseuse, le comptoir sale, les verres douteux.

— Deux scotchs.

Puis :

— Donne-moi quand même un *nickel*.

Ici aussi il y avait l'énorme machine à disques, mais c'est en vain qu'elle chercha leur morceau. Elle fit jouer n'importe quoi pendant qu'un homme plus qu'à moitié ivre s'efforçait de lier la conversation avec eux.

Ils burent leur whisky tiède et pâle.

— Partons...

Et, dans la rue à nouveau :

— Tu sais, je n'ai jamais couché avec Ric.

Il faillit ricaner, parce que maintenant elle ne disait plus Enrico mais Ric. Qu'est-ce que cela pouvait lui faire, après tout? Est-ce qu'elle n'avait pas couché avec d'autres?

— Il a essayé, une fois, et encore je n'en suis pas sûre.

Pourquoi ne comprenait-elle pas qu'elle ferait mieux de se taire? Est-ce qu'elle le faisait exprès? Il avait envie de retirer son bras auquel elle s'accrochait toujours, de marcher seul, les mains dans les poches, d'allumer une cigarette ou plutôt une pipe, ce qui ne lui était pas encore arrivé en sa compagnie.

— J'aime mieux que tu saches, parce que tu te fais sûrement des idées. Ric est un Sud-Américain, tu comprends? Une nuit... C'était il y a deux mois, tiens, au mois d'août... Il faisait très chaud... Est-ce que tu as vécu à New York pendant les chaleurs?... L'appartement était comme une étuve...

Ils étaient revenus à Washington Square qu'ils contournaient à pas lents et il y avait toujours un monde entre eux deux. Pourquoi continuait-elle de parler alors que, de son côté, il feignait de ne pas entendre?

Pourquoi surtout créait-elle des images dont il sentait qu'il ne pourrait plus se débarrasser? Il avait envie de lui ordonner durement :

— Tais-toi!

Est-ce que les femmes sont sans pudeur aucune?

— Il n'avait gardé que son pantalon sur le corps... Il faut te dire qu'il est admirablement fait...

— Et toi?

— Quoi, moi?

— Qu'est-ce que tu avais sur le corps?

— Sans doute un peignoir... Je ne me rappelle plus... Oui, Jessie et moi devions être en peignoir...

— Tu étais nue sous ton peignoir.

— Probablement.

Elle n'avait toujours pas l'air de comprendre. Elle gardait à un tel point sa présence d'esprit qu'elle s'arrêta au milieu du square, se retourna :

— J'oubliais de te montrer la maison de Mme Roosevelt... Tu la connais ?... C'est celle du coin... Souvent, quand il était à la Maison-Blanche, le président s'échappait pour venir passer quelques jours ou quelques heures ici, à l'insu de tous, même de ses policiers privés...

Elle renchaînait :

— Ce soir-là...

Et il aurait voulu lui broyer le poignet pour la faire taire.

— Ce soir-là, je me souviens que j'ai voulu passer dans la salle de bains pour prendre une douche... Ric, qui était nerveux, je ne sais pas pourquoi, ou plutôt je m'en doute, maintenant que j'y repense, s'est mis à dire que nous étions tous les trois des idiots, que nous ferions mieux de nous déshabiller et d'aller prendre notre douche tous ensemble... Tu comprends ?

— Et vous avez pris la douche ? laissa-t-il tomber, méprisant.

— Je suis allée la prendre seule et j'ai fermé la porte. Depuis ce jour-là, j'ai évité de sortir avec lui sans Jessie.

— Parce qu'il vous arrivait de sortir tous les deux?

— Pourquoi pas?

Et, avec toutes les apparences de la candeur :

— A quoi penses-tu?

— A rien. A tout.

— Tu es jaloux de Ric?

— Non.

— Ecoute. Est-ce que tu connais le Bar n° 1?

Il était las, tout à coup. Un moment, il en eut tellement assez de traîner ainsi dans les rues avec elle qu'il fut sur le point de la quitter sous le premier prétexte venu. Qu'est-ce qu'ils faisaient ensemble, rivés l'un à l'autre comme des gens qui s'aiment depuis toujours et qui sont destinés à s'aimer à jamais ?

Un Enrico... Un Ric... Cette douche à trois... Et elle devait avoir menti, il le sentait, il en était sûr... Elle n'était pas capable de résister à une proposition aussi saugrenue...

Elle mentait, candidement, non pour le tromper, mais par besoin de mentir, comme elle avait besoin d'appuyer son regard sur tous les hommes qui passaient, de sourire pour obtenir l'hommage d'un barman, d'un serveur de *cafetaria* ou d'un chauffeur de taxi.

— *Tu as vu comme il m'a regardée?*

Au sujet de qui lui avait-elle dit cela tout à l'heure? Du chauffeur qui les avait amenés à Greenwich Village et qui ne l'avait probablement pas remarquée, qui ne pensait sans doute qu'à son pourboire.

Il entra pourtant, derrière elle, dans une salle faiblement éclairée, en rose tendre, où quelqu'un jouait négligemment du piano, laissait errer de longs doigts blêmes sur le clavier, égrenant des notes qui finissaient par créer une atmosphère lourde de nostalgie.

Elle s'était arrêtée auparavant pour lui dire :

— Dépose ton pardessus au vestiaire.

Comme s'il ne le savait pas! C'était elle qui le conduisait. Et elle traversait la salle derrière le maître d'hôtel, radieuse, un sourire excité aux lèvres.

Elle devait se croire belle et il ne la trouvait pas belle. Ce qu'il aimait, justement, c'était une certaine meurtrissure qu'il découvrait sur son visage, ces fines rides en pelure d'oignon des paupières qui prenaient parfois des reflets violacés, et même, à d'autres moments, cette lassitude qui faisait retomber les coins de la bouche.

— Deux scotchs.

Elle avait besoin de parler au maître d'hôtel, d'essayer sur lui ce qu'elle imaginait sa séduction; elle lui demandait le plus gravement du monde des renseignements inutiles, quels numéros du programme étaient déjà passés, ce qu'était devenu tel artiste qu'elle avait vu dans la même boîte des mois auparavant.

Elle allumait une cigarette, bien entendu, rejetait légèrement sa fourrure de ses épaules et, la tête un peu en arrière, elle soupirait d'aise.

— Tu n'es pas content?

Il répliqua avec humeur :

— Pourquoi ne serais-je pas content ?

— Je ne sais pas. Mais je sens qu'à cet instant tu me détestes.

Fallait-il qu'elle fût sûre d'elle pour formuler aussi simplement, aussi crûment la vérité! Sûre de quoi? Car, enfin, qu'est-ce qui le retenait auprès d'elle? Qu'est-ce qui l'empêchait de rentrer chez lui?

Il ne la trouvait pas séduisante. Elle n'était pas belle. Elle n'était même pas jeune. Et sans doute avait-elle reçu la patine de multiples aventures.

Etait-ce cette patine, justement, qui l'attirait vers elle ou qui l'émouvait?

— Tu permets un instant?

Elle allait, désinvolte, se pencher sur le pianiste. Et son sourire, une fois de plus, était automatiquement celui d'un femme qui veut séduire, qui souffrirait de voir le mendiant à qui elle donne deux sous dans la rue lui refuser un regard d'admiration.

Elle revenait vers lui, ravie, les yeux pétillants d'ironie, et elle avait un peu raison, car c'était pour lui, ou pour eux, que, cette fois, elle avait fait du charme.

Les doigts qui couraient sur les touches changeaient de cadence et c'était le morceau du petit bar qui vibrait maintenant dans la lumière rose et qu'elle écoutait les lèvres entrouvertes, tandis que la fumée de sa cigarette montait droit devant son visage, comme un encens.

La mélodie terminée, elle eut un petit mouvement nerveux puis, déjà debout, elle ramassa son étui, son briquet, ses gants, commanda :

— Paie!... Allons!...

Elle revint sur ses pas, comme il fouillait ses poches, pour lui dire :

— Tu donnes toujours trop de pourboire. Ici, quarante *cents* suffisent.

Plus que tout le reste, c'était une prise de possession, une prise de possession tranquille, sans discussion. Et il ne discuta pas. Devant le vestiaire, elle prononça de même :

— Donne vingt-cinq *cents*.

Et enfin, dehors :

— Ce n'est pas la peine de prendre un taxi. Pour aller où? Etait-elle si sûre qu'ils allaient rester ensemble? Elle ne savait même pas qu'il avait conservé leur chambre du *Lotus*, mais il était persuadé qu'elle en avait la conviction.

— Tu veux que nous prenions le *subway?*

Elle lui demandait quand même son avis et il répondait :

— Pas tout de suite. Je préférerais marcher un peu.

Ils étaient, comme la veille, tout au bout de la 5e Avenue, et déjà il éprouvait le besoin de répéter les mêmes gestes. Il avait envie de marcher avec elle, de tourner aux mêmes coins de rue, qui sait, peut-être de s'arrêter dans cette étrange cave où ils avaient bu un dernier whisky?

Il savait qu'elle était lasse, qu'elle marchait difficilement avec ses hauts talons. Mais cela ne lui déplaisait pas de se venger en la faisant souffrir un peu. En outre, il se demandait si elle protesterait. C'était une sorte d'expérience.

— Comme tu voudras.

Etait-ce maintenant qu'ils allaient parler? Il en avait peur et il l'espérait tout ensemble. Il n'avait pas tant hâte de connaître davantage la vie de Kay que de raconter la sienne et surtout de dire qui il était, car il souffrait inconsciemment d'être pris pour un homme quelconque, voire d'être aimé comme un homme quelconque.

La veille, elle n'avait pas bronché quand il avait prononcé son nom. Peut-être ne l'avait-elle pas bien entendu ? Ou alors, elle n'avait pas pensé à faire un rapprochement entre l'homme qu'elle rencontrait à Manhattan à trois heures du matin et celui dont elle avait vu le nom en grosses lettres sur les murs de Paris.

Elle questionnait, comme ils passaient devant un restaurant hongrois :

— Tu connais Budapest ?

Elle n'attendait pas la réponse. Il disait oui et il voyait bien que cela lui était égal. Il espérait confusément que c'était l'occasion de parler enfin de lui, mais c'est sur elle-même qu'elle enchaînait.

— Quelle admirable ville ! Je crois que c'est celle du monde où j'ai été le plus heureuse. J'avais seize ans.

Il fronçait les sourcils parce qu'elle lui parlait de ses seize ans et parce qu'il appréhendait qu'un nouvel Enrico vînt se dresser entre eux.

— Je vivais seule avec ma mère. Il faudra que je te montre un portrait de maman. C'était la plus belle femme que j'aie jamais vue.

Il se demanda un instant si elle ne parlait pas de la sorte pour l'empêcher, lui, de parler. Quelle idée pouvait-elle se faire de lui ? Une idée fausse, fatalement. Et, pourtant, elle restait accrochée à son bras sans la moindre velléité de défense.

— Ma mère était une grande pianiste. Tu as sûrement entendu son nom, car elle a joué dans toutes les capitales : Miller... Edna Miller... C'est d'ailleurs le nom que je porte depuis que je suis divorcée et que je portais jeune fille, car elle n'a jamais voulu se marier, à cause de son art. Cela t'étonne ?

— Moi?... Non...

Il avait envie de lui répondre que cela l'étonnait d'autant moins qu'il était lui-même un grand artiste. Mais il s'était marié, lui, et c'était à cause de cela que...

Il ferma les yeux un moment. Puis il les rouvrit et il se vit, comme un autre aurait pu le voir, mais avec plus de lucidité, debout sur un trottoir de la 5e Avenue, avec, à son bras, une femme qu'il ne connaissait pas et avec qui il allait Dieu sait où.

Elle se méprit.

— Je t'ennuie?

— Au contraire.

— Cela t'intéresse de connaître mes histoires de jeune fille?

Allait-il lui demander de se taire ou, au contraire, de continuer? Il ne savait plus. Ce qu'il savait, c'est qu'il ressentait, quand elle parlait, une douleur sourde, une sorte d'angoisse au côté gauche de la poitrine.

Pourquoi ? Il l'ignorait. Est-ce qu'il aurait voulu que sa vie ne commençât que de la veille? Peut-être. Cela n'avait pas d'importance. Plus rien n'avait d'importance, puisqu'il venait de décider, soudain, de ne plus résister.

Il écoutait. Il marchait. Il regardait les globes lumineux des lampadaires qui formaient une longue perspective, jusqu'à l'infini, les taxis qui glissaient sans bruit et dans lesquels c'étaient presque toujours des couples qu'on apercevait.

Est-ce qu'il n'avait pas connu la lancinante envie de faire partie d'un couple, lui aussi? D'avoir une femme suspendue à son bras comme Kay se suspendait au sien?

— Entrons une minute, veux-tu?

Ce n'était plus dans un bar qu'elle le faisait entrer, mais dans une pharmacie, et elle lui sourit.

Et il comprit son sourire. Il comprit qu'elle venait de penser, comme lui, que cela marquait une nouvelle étape dans leur intimité, car elle voulait acheter les quelques objets de toilette indispensables.

Elle le laissait payer et il en fut heureux, comme il fut heureux d'entendre le vendeur prononcer le mot madame.

— Maintenant, décida-t-elle, nous pouvons rentrer.

Il ne put s'empêcher d'ironiser, et il le regretta aussitôt :

— Sans boire un dernier whisky?

— Sans whisky, répondit-elle le plus sérieusement du monde. Ce soir, je suis un petit peu la jeune fille de seize ans. Cela ne t'ennuie pas trop?

L'employé de nuit les reconnut. Comment le fait de retrouver la vulgaire lumière mauve du *Lotus*, ces quelques lettres au-dessus d'une porte, pouvait-il constituer un plaisir? Et un plaisir encore d'être accueillis comme de vieux clients par un bonhomme miteux et résigné? De retrouver l'atmosphère banale d'une chambre d'hôtel, d'apercevoir, sur un lit, les deux oreillers préparés?

— Enlève ton pardessus et assieds-toi, veux-tu?

Il obéit, subtilement ému, et peut-être était-elle un peu émue, elle aussi. Il ne savait plus. Il y avait des moments où il la détestait et des moments, comme celui-ci, où il avait envie de poser sa tête sur son épaule de femme et de sangloter.

Il était las, mais détendu. Il attendait, un sourire très léger aux lèvres, et, ce sourire encore, elle l'intercepta, elle dut le comprendre, car elle vint l'embrasser, pour la première fois de la journée, non plus avec la gourmandise charnelle de la veille, non plus avec une ardeur qui semblait procéder du désespoir, mais très doucement, en avançant avec lenteur ses lèvres vers les siennes, en hésitant un instant à établir le contact et en appuyant alors avec tendresse.

Il ferma les yeux et, quand il les rouvrit, il s'aperçut qu'elle avait fermé les siens et il lui fut reconnaissant.

— Laisse-moi, maintenant. Ne bouge pas.

Elle alla éteindre le lustre électrique, ne laissant qu'une toute petite lampe à abat-jour de soie allumée sur un guéridon. Puis elle alla chercher dans le placard la bouteille de whisky entamée la veille.

Elle éprouva le besoin d'expliquer :

— Ce n'est pas la même chose.

Il l'avait déjà compris. Elle remplit deux verres, sans fièvre, en dosant minutieusement l'alcool et l'eau avec un sérieux de maîtresse de maison. Elle en posa un à portée de la main de son compagnon et elle lui donna en passant une très légère caresse sur le front.

— Tu es bien?

Elle-même, laissant tomber ses chaussures d'un mouvement déjà familier, se blottissait au creux du fauteuil, dans une pose de petite fille.

Puis elle soupirait, d'une voix qu'il ne lui connaissait pas encore :

— Je suis bien !

Un mètre à peine les séparait, mais ils savaient bien l'un et l'autre qu'ils ne franchiraient pas maintenant cet espace. Ils se regardaient, les yeux mi-clos, aussi heureux l'un que l'autre de trouver dans d'autres yeux une lumière très douce et comme apaisante.

Allait-elle lui parler tout de suite?

Elle entrouvrait les lèvres, mais c'était pour chanter, pour murmurer à peine la chanson de tout à l'heure qui était devenue leur chanson.

Et cette rengaine populaire se transformait à un

point tel que l'homme en avait les larmes aux yeux, la poitrine envahie de chaleur.

Elle le savait. Elle savait tout. Elle le tenait au bout de son chant, au bout de sa voix aux intonations graves, un peu cassées, et elle prolongeait savamment leur plaisir d'être deux et de s'être retranchés du reste du monde.

Quand, enfin, elle se tut, il y eut un silence pendant lequel surgirent les bruits de la rue.

Ils les écoutèrent, étonnés. Puis elle répéta, beaucoup plus doucement que la première fois, comme si elle avait peur d'effaroucher le destin :

— Tu es bien?

Entendit-il les mots qu'elle prononça ensuite ou ne vibrèrent-ils qu'au-dedans de lui-même?

— Moi, je ne me suis jamais sentie aussi bien de ma vie.

3

C'ETAIT une drôle de sensation. Elle parlait. Il était ému. Mais, pas un instant, il ne cessait d'être lucide. Il se disait :

« Elle ment ! »

Il avait la certitude qu'elle mentait. Peut-être n'inventait-elle pas de toutes pièces, ce dont il la jugeait cependant capable. Elle mentait à tout le moins par déformation, par exagération ou par omission.

Deux fois, trois fois, elle s'était versé à boire. Il n'y prenait plus garde. Il savait, à présent, que c'était son heure, que c'était le whisky qui la soutenait et il l'imaginait d'autres nuits, avec d'autres hommes, buvant pour entretenir son excitation et parlant, parlant sans fin, de son émouvante voix rauque.

Qui sait si elle ne leur racontait pas exactement la même chose à tous, avec une sincérité identique?

Le plus surprenant, c'est que cela lui était égal, qu'en tout cas il ne lui en voulait pas.

Elle lui parlait de son mari, un Hongrois, le comte Larski, qu'elle disait avoir épousé alors qu'elle avait dix-neuf ans. Et déjà il y avait un mensonge, ou un demi-mensonge, car elle prétendait qu'il l'avait eue vierge, elle s'étendait sur la brutalité de l'homme cette nuit-là, oubliant qu'elle avait parlé, un peu plus tôt, d'une aventure qu'elle avait eue à dix-sept ans.

Il en souffrait, non pas des mensonges, mais des histoires en elles-mêmes, des images, surtout qu'elles évoquaient. S'il lui en voulait de quelque chose, c'était de se salir à ses yeux, avec une impudeur qui frisait le défi.

Etait-ce l'alcool qui la poussait à parler de la sorte? Il y avait des moments où il jugeait froidement :

« C'est la femme de trois heures du matin, celle qui ne peut pas se décider à se coucher, qui a besoin d'entretenir coûte que coûte son excitation, de boire, de fumer, de parler, pour tomber enfin, à bout de nerfs, dans les bras de l'homme. »

Et il ne s'en allait pas! Il n'avait aucune velléité de la quitter. A mesure que sa lucidité grandissait, il se rendait davantage compte que Kay lui était indispensable et il était résigné.

C'était le mot exact. Il était résigné. Il n'aurait pas pu dire à quel moment sa décision avait été prise, mais il était décidé à ne plus lutter, quoi qu'il pût apprendre désormais.

Pourquoi ne se taisait-elle pas? C'eût été si simple ! Il l'aurait entourée de ses bras. Il aurait murmuré :

— Peu importe tout cela, puisqu'on recommence.

Recommencer une vie à zéro. Deux vies. Deux vies à zéro.

De temps en temps, elle s'interrompait :

— Tu ne m'écoutes pas.

— Mais si.

— Tu m'écoutes, mais, en même temps, tu penses à autre chose.

Il pensait à lui, à elle, à tout. Il était lui-même, et spectateur de lui-même. Il l'aimait et il la regardait en juge implacable.

Elle disait, par exemple :

— Nous avons vécu deux ans à Berlin, où mon mari était attaché à l'ambassade de Hongrie. C'est là, à Swansee plus exactement, au bord du lac, que ma fille est née. Elle s'appelle Michèle. Tu aimes le prénom de Michèle ?

Elle n'attendait pas sa réponse.

— Pauvre Michèle ! Elle vit maintenant chez une de ses tantes, une sœur de Larski qui ne s'est jamais mariée et qui habite seule un immense château, à une centaine de kilomètres de Buda...

Il n'aimait pas le vaste château romantique et pourtant c'était peut-être vrai, comme c'était peut-être faux. Il se demandait :

« A combien d'hommes a-t-elle raconté cette histoire ? »

Et il se renfrognait. Elle s'en apercevait.

— Cela t'ennuie que je te raconte ma vie ?

— Mais non.

C'était sans doute nécessaire, comme la dernière cigarette dont il attendait la fin avec des frémissements d'impatience au bout des doigts. Il était heureux, mais on eût dit qu'il n'était heureux que dans l'avenir, qu'il avait hâte d'en finir une fois pour toutes avec le passé, voire avec le présent.

— Il a été nommé premier secrétaire à Paris et nous avons dû nous installer à l'ambassade, car l'ambassadeur était veuf et il fallait une femme pour les réceptions...

A quel moment mentait-elle? Quand elle lui avait parlé une première fois de Paris, dans la boutique aux saucisses, elle lui avait dit qu'elle avait habité en face de l'église d'Auteuil, rue Mirabeau. Or jamais l'ambassade de Hongrie n'avait été installée rue Mirabeau.

Elle poursuivait :

— Jean était un homme de premier ordre, un des hommes les plus intelligents que j'aie rencontrés...

Et il était jaloux. Et il lui en voulait d'employer un prénom de plus.

— C'est un grand seigneur de chez lui, vois-tu. Tu ne connais pas la Hongrie...

— Si.

Elle balayait l'objection en faisant tomber avec impatience la cendre de sa cigarette.

— Tu ne peux pas la connaître. Tu es trop français pour ça. Moi, qui suis pourtant viennoise et qui ai du sang hongrois par ma grand-mère, je n'ai pas pu m'y faire. Quand je dis un grand seigneur, je ne parle pas d'un grand seigneur d'aujourd'hui, mais d'un grand seigneur du Moyen Age. Je l'ai vu cravacher ses domestiques. Un jour que le chauffeur avait failli nous faire capoter dans la Forêt Noire, il l'a étendu par terre d'un coup de poing, puis il l'a frappé du talon au visage en me disant avec calme :

» — Je regrette de n'avoir pas de revolver sur moi. Ce rustre aurait pu vous tuer. »

Et Combe n'avait toujours pas le courage de prononcer :

— Tais-toi, veux-tu?

Il lui semblait que ce bavardage les diminuait tous les deux, qu'elle se diminuait en parlant et qu'il se diminuait en l'écoutant.

— J'étais enceinte, à ce moment-là, ce qui explique en partie sa fureur et sa brutalité. Il était d'une jalousie telle qu'un mois avant l'accouchement encore, alors qu'aucun homme n'aurait pensé à me faire la cour, il me surveillait du matin au soir. Je n'avais pas le droit de sortir seule. Il m'enfermait à clef dans mon appartement. Il faisait mieux : il me prenait toutes mes chaussures et toutes mes robes qu'il serrait dans une pièce dont il avait la clef sur lui.

Comment ne comprenait-elle pas qu'elle avait tort, qu'elle avait davantage tort encore d'expliquer :

— Nous avons vécu trois ans à Paris...

Hier, elle avait dit six. Avec qui avait-elle vécu les trois autres années?

— L'ambassadeur, qui est mort l'an dernier, était un de nos plus grands hommes d'Etat, un vieillard de quatre-vingts ans. Il s'était pris pour moi d'une affection paternelle, car il était veuf depuis trente ans et il n'avait pas d'enfants.

Il pensait :

« Tu mens ! »

Parce que c'était impossible. Du moins avec elle. L'ambassadeur eût-il eu quatre-vingt-dix ans, en eût-il eu davantage encore, elle n'eût connu aucun répit avant de l'avoir forcé à lui rendre hommage.

— Souvent, le soir, il me priait de lui faire la lecture. C'était une de ses dernières joies.

Alors il se retenait de lui crier crûment, vulgairement :

— Et ses mains?

Car c'était pour lui une certitude et il en souffrait.

» Dépêche-toi, pensait-il. Vide ton sac, qu'il ne soit plus jamais question de ces saletés. »

— A cause de cela, mon mari a prétendu que ma santé ne me permettait pas de vivre à Paris et m'a installée dans une villa de Nogent. Son humeur était de plus en plus sombre, sa jalousie toujours plus féroce. A la fin, j'ai manqué de courage et je suis partie.

Toute seule? Allons donc! Si elle était partie de la sorte, de son plein gré, comment croire qu'elle eût abandonné sa fille? Si c'était elle qui avait demandé le divorce, est-ce qu'elle en serait où elle en était?

Il serrait les poings, furieux, avec l'envie de la battre, de les venger tous les deux, lui et le mari qu'il détestait cependant.

— C'est à ce moment-là que tu es allée en Suisse? questionna-t-il en parvenant presque à voiler son ironie.

Elle comprit quand même. Il eut l'impression qu'elle comprenait, car elle répliqua assez méchamment, sans entrer dans les détails :

— Pas tout de suite. J'ai d'abord vécu pendant un an sur la Côte d'Azur et en Italie.

Elle ne précisait pas avec qui et elle ne prétendait pas non plus qu'elle y avait vécu seule.

Il la haïssait. Il aurait voulu lui tordre les poignets, la forcer à tomber à genoux à ses pieds pour lui demander pardon en gémissant de douleur.

N'était-ce pas d'une ironie insigne, de la part de cette femme recroquevillée dans son fauteuil, de lui lancer avec une monstrueuse candeur :

— Tu vois! Je te raconte toute ma vie.

Et le reste, tout ce qu'elle n'avait pas dit, tout ce qu'il ne voulait pas savoir? Se doutait-elle que, de ses confidences, ce qui lui restait dans la gorge au point de lui causer une douleur physique, c'est qu'elle s'était fait tripoter par le vieil ambassadeur?

Il s'était levé machinalement. Il avait prononcé :

— Viens dormir.

Et, comme il s'y attendait, elle avait murmuré :

— Tu permets que je finisse ma cigarette?

Il la lui avait arrachée des mains et l'avait écrasée sous sa semelle, à même le tapis.

— Viens te coucher.

Il savait qu'elle avait souri en détournant la tête. Il savait qu'elle triomphait. A croire qu'elle était capable de raconter de pareilles histoires rien que pour le mettre dans l'état où elle le voyait enfin!

« Je ne la toucherai pas ce soir, se promettait-il. Ainsi, peut-être qu'elle comprendra! »

Qu'elle comprendrait quoi? C'était absurde. Mais tout n'était-il pas désormais absurde, incohérent? Que faisaient-ils là, tous les deux, dans une chambre du *Lotus*, au-dessus d'une enseigne violette destinée à racoler les couples de passage?

Il la regardait se déshabiller et il restait froid. Mais oui, il était capable de rester froid devant elle. Elle n'était pas belle, ni irrésistible comme elle se l'imaginait. Son corps, lui aussi, portait déjà la patine de la vie.

Et voilà que, d'y penser, il se sentait soulevé d'une puissante colère, d'un besoin de tout effacer, de tout absorber, de tout rendre sien. Furieusement, avec une méchanceté qui rendait ses prunelles fixes et effrayantes, il la serrait dans ses bras, la ployait, s'enfonçait en elle comme s'il eût voulu en finir une fois pour toutes avec sa hantise.

Elle le regardait, hébétée, et, quand vint l'apaisement du spasme, elle pleura, non comme pleurait Winnie, derrière la cloison, mais comme une enfant, et c'est en enfant qu'elle balbutiait :

— Tu m'as fait mal.

Telle une enfant encore, elle s'endormit, presque sans transition. Et, cette nuit-là, il ne subsistait pas, comme la veille, une expression douloureuse sur son visage. L'étreinte, cette fois-ci, l'avait apaisée. Elle dormait, la lèvre un peu gonflée, les deux bras mollement étendus sur la couverture, ses cheveux formant une masse roussâtre et fripée sur la blancheur crue de l'oreiller.

Il ne dormit pas, ne chercha pas à dormir. D'ailleurs, l'aube n'était pas loin et, quand elle mit son froid reflet sur la vitre, il se glissa derrière le rideau pour se rafraîchir le front au contact du verre.

Il n'y avait personne dans la rue, où les poubelles apportaient une note d'intimité vulgaire. Un homme, en face, au même étage, se rasait devant un miroir accroché à sa fenêtre et un instant leurs regards se croisèrent.

Qu'est-ce qu'ils se dirent? Ils étaient à peu près du même âge. L'homme d'en face avait le front dégarni, le sourcil épais et soucieux. Y avait-il quelqu'un derrière lui dans la chambre, une femme étendue dans un lit et encore enfoncée dans le sommeil?

Si l'homme se levait de si bonne heure, c'est qu'il partait pour son travail. Quel travail pouvait-il faire? Quel était le sillon qu'il suivait dans la vie?

Combe, lui, ne suivait plus aucun sillon. Depuis des mois déjà. Mais du moins, avant-hier encore, s'obstinait-il à marcher dans une direction déterminée.

Ce matin, dans le petit jour frisquet d'octobre, il était un homme qui a coupé tous les fils, un homme qui, aux approches de la cinquantaine, n'est plus rattaché à rien, ni à une famille, ni à une profession, ni à un pays, ni même, en définitive, à un domicile : à rien qu'à une inconnue endormie dans une chambre d'hôtel plus ou moins louche.

Dans la maison d'en face brûlait une lampe électrique et cela le fit penser à la sienne qui était toujours allumée. C'était peut-être une excuse, ou un prétexte.

Ne lui faudrait-il pas, à un moment ou à un autre, rentrer chez lui? Kay dormirait toute la journée, il commençait à la connaître. Il lui laisserait un mot sur la table de nuit pour lui annoncer son retour.

Là-bas, à Greenwich Village, il mettrait de l'ordre dans sa chambre. Il trouverait peut-être le moyen de la faire nettoyer?

Tandis qu'il s'habillait sans bruit dans la salle de bains dont il avait fermé la porte, son esprit s'excitait déjà. Non seulement il ferait nettoyer la chambre à fond, mais il irait acheter des fleurs. Il achèterait aussi, pour pas cher, une cretonne imprimée, de couleurs vives, pour cacher la couverture grise du lit. Puis il irait commander un repas froid chez le traiteur italien, celui qui servait les dîners hebdomadaires de J. K. C. et de Winnie.

Il fallait encore qu'il téléphonât au poste de radio, car il avait une émission en perspective pour le lendemain. Il aurait dû téléphoner la veille.

Il était net, soudain, de sang-froid malgré sa fatigue. Il se réjouissait à la perspective de marcher seul, d'entendre résonner son pas dans la rue tout en respirant l'air vif du matin.

Kay dormait. Il la regarda qui gonflait toujours la lèvre inférieure et il sourit, d'un sourire un peu condescendant. Elle avait pris une place dans sa vie, soit. A quoi bon vouloir, dès maintenant, mesurer l'importance de cette place?

S'il n'avait craint de la réveiller, il lui eût posé un baiser indulgent et tendre sur le front.

Je reviens tout de suite, traça-t-il sur une page

de son carnet qu'il arracha et posa sur l'étui à cigarettes.

Et cela le fit sourire aussi, car, de la sorte, il était sûr qu'elle trouverait le billet.

Dans le corridor, déjà, il bourra sa pipe, poussa, avant de l'allumer, le bouton d'appel de l'ascenseur.

Tiens ! Ce n'était déjà plus l'employé de nuit, mais une des demoiselles en uniforme. Il passa devant le bureau sans s'arrêter, se campa sur le trottoir et respira l'air à pleins poumons.

Il faillit soupirer :

— Enfin !

Et Dieu sait s'il ne se demanda pas s'il reviendrait jamais?

Il fit quelques pas, s'arrêta, marcha encore un peu.

Il se sentait anxieux soudain comme un homme qui a conscience d'avoir oublié quelque chose d'important et qui ne se rappelle pas quoi.

Il s'arrêta une fois de plus, juste au coin de Broadway qui le glaça avec ses lumières éteintes et ses trottoirs inutilement larges.

Que ferait-il si, à son retour, il trouvait la chambre vide?

Cette idée venait à peine de pénétrer en lui et déjà elle lui faisait tellement mal, elle le mettait dans un tel désarroi, dans un tel état de panique qu'il se retourna brusquement pour s'assurer que personne ne sortait de l'hôtel.

Sur le seuil du *Lotus,* quelques instants plus tard, il vidait sa pipe encore brûlante en la frappant contre son talon.

— Huitième, s'il vous plaît, lançait-il à la demoiselle de l'ascenseur qui venait de le descendre.

Et il ne fut rasséréné que quand il constata que Kay dormait toujours, que rien n'était changé dans leur chambre.

-:-

Il ignora si elle l'avait vu sortir, si elle l'avait vu rentrer. Ce fut pour lui une minute d'une émo tion si profonde et si subtile qu'il n'osa pas lui en parler. Elle paraissait dormir pendant qu'il se déshabillait, et encore tandis qu'il se glissait dans les draps.

C'était encore comme dans le sommeil qu'elle chercha son corps pour s'y blottir.

Elle n'ouvrit pas les yeux. Les paupières battirent à peine, sans découvrir les prunelles, et elles lui firent penser aux battements d'ailes d'un oiseau trop lourd pour s'envoler.

Lourde aussi, lointaine, la voix qui disait sans reproche, sans tristesse, sans une ombre de mélancolie :

— Tu as essayé de t'en aller, n'est-ce pas?

Il faillit parler et il aurait tout gâché. Heureusement que c'est elle qui continua de la même voix, plus faible encore :

— Mais tu n'as pas pu !

Elle dormait à nouveau. Peut-être n'avait-elle pas cessé de dormir et n'était-ce qu'au fond de ses rêves qu'elle avait eu conscience du drame qui s'était joué?

Elle n'y fit pas allusion, plus tard, beaucoup plus tard, quand ils se réveillèrent tous les deux.

C'était leur meilleure heure. Ils y pensaient déjà comme s'ils eussent vécu des matins et des matins semblables. Il était impossible de croire que c'était la seconde fois seulement qu'ils se réveillaient de la sorte, côte à côte dans un lit, dans une telle intimité de la chair qu'ils avaient l'impression d'être amants depuis toujours.

Jusqu'à cette chambre du *Lotus* qui leur était familière, qu'ils se surprenaient à aimer.

— Je passe la première dans la salle de bains?

Puis, avec une prescience étonnante :

— Pourquoi ne fumes-tu pas ta pipe? Tu peux, tu sais! En Hongrie, il y a beaucoup de femmes qui fument la pipe.

Ils étaient comme vierges, le matin. La gaieté, dans leurs yeux, était plus pure, quasi enfantine. Ils avaient un peu l'impression de jouer à la vie.

— Quand je pense qu'à cause de Ronald je ne retrouverai sans doute jamais mes affaires! J'ai là-bas deux pleines malles de vêtements et de linge et je ne peux même pas changer de bas.

Elle s'en amusait. C'était merveilleux de se trouver aussi léger au réveil, de se trouver au seuil d'une journée que ne marquait à l'avance aucune contrainte, qu'on pourrait meubler de tout ce que l'on voudrait.

Il y avait du soleil, ce jour-là, un soleil très gai, très pétillant. Ils s'installèrent, pour déjeuner, devant un de ces comptoirs qui faisaient déjà partie de leurs habitudes.

— Cela t'ennuierait que nous allions nous promener dans Central Park ?

Il ne voulait pas être jaloux alors que leur journée commençait à peine, et, pourtant, il ne pouvait s'empêcher, chaque fois qu'elle proposait quelque chose, qu'elle parlait d'un endroit quelconque, de se demander :

« Avec qui ? »

Avec qui était-elle allée se promener au Central Park et quels souvenirs essayait-elle d'y retrouver ?

Elle était jeune, ce matin-là. Et, peut-être parce qu'elle se sentait jeune, elle risqua gravement, alors qu'ils marchaient côte à côte :

— Sais-tu que je suis déjà très vieille? J'ai trente-deux ans, bientôt trente-trois.

Il calcula que sa fille devait donc avoir une douzaine d'années et il observa avec plus d'attention que d'habitude les fillettes qui jouaient dans le parc.

— J'en ai quarante-huit, avoua-t-il. Pas tout à fait. Dans un mois.

— Un homme cela n'a pas d'âge.

N'était-ce pas le moment où il allait pouvoir parler de lui ? Il l'espérait et le craignait tout ensemble.

Que se passerait-il alors, qu'adviendrait-il d'eux quand ils se décideraient enfin à regarder les réalités en face ?

Jusqu'ici, ils étaient en dehors de la vie, mais un moment viendrait où il faudrait y rentrer bon gré mal gré.

Devina-t-elle ce qu'il pensait? Sa main nue, ainsi que c'était déjà arrivé une fois, dans le taxi, chercha sa main et la pressa avec une douce insistance, comme pour lui dire :

— Pas encore.

Il avait décidé de la conduire chez lui et il n'osait pas. Tout à l'heure, en quittant le *Lotus*, il avait réglé sa note et elle s'en était aperçue, mais elle n'avait rien dit.

Cela pouvait signifier tant de choses! Y compris, par exemple, que c'était leur dernière promenade, la dernière, en tout cas, en dehors du réel.

Etait-ce pour cela, pour mettre un souvenir lumineux dans leur mémoire, qu'elle avait tenu à se promener à son bras dans Central Park où un soleil tiède les enveloppait des dernières bouffées de l'automne?

Elle se mit à fredonner, gravement, et c'était leur chanson, la ritournelle du petit bar. Cela leur donna à tous deux la même pensée car, quand le soir commença à tomber, l'air à fraîchir, quand une ombre plus dense les attendit au tournant des allées ils se regardèrent comme pour un accord muet et ils se dirigèrent vers la 6e Avenue.

Ils ne prenaient pas de taxi. Ils marchaient. On

aurait dit que c'était leur sort, qu'ils ne pouvaient ou n'osaient pas s'arrêter. La plupart des heures, depuis qu'ils se connaissaient — et il leur semblait qu'il y avait bien longtemps — ils les avaient passées à marcher ainsi le long des trottoirs et à se frotter à une foule qu'ils ne voyaient pas.

Le moment approchait pourtant où ils seraient forcés de s'arrêter et ils étaient tacitement complices pour le reculer toujours davantage.

— Ecoute...

Elle avait comme ça des mouvements de joie naïve. C'était quand il lui semblait que le destin était avec eux. Or, au moment où ils pénétraient dans le petit bar, le phonographe jouait un disque, leur disque, et un matelot, les deux coudes sur le comptoir, le menton dans les mains, fixait farouchement le vide devant lui.

Kay pressa le bras de son compagnon, regarda avec compassion l'homme qui avait choisi le même air qu'eux pour bercer sa nostalgie.

— Donne-moi un *nickel*, murmura-t-elle.

Et elle remit le disque, deux fois, trois fois. Le marin se retourna et lui sourit tristement. Puis il avala son verre d'un trait et sortit en titubant, raclant au passage le chambranle de la porte.

— Pauvre type !

Il ne fut presque pas jaloux, un petit peu quand même. Il aurait voulu parler, il en ressentait toujours davantage le besoin, et il n'osait pas.

Ne le faisait-elle pas exprès de ne pas l'aider?

Elle buvait à nouveau, mais il ne lui en voulait pas et il buvait machinalement avec elle. Il était très triste et très heureux, d'une sensibilité si aiguë que ses yeux s'humectaient à une phrase de la chanson, à un aspect de leur bar noyé de lumière sourde.

Que firent-ils ce soir-là ? Ils marchèrent. Ils se mêlèrent longtemps à la foule de Broadway et entrèrent dans d'autres bars, sans jamais y retrouver l'atmosphère de leur coin familier.

Ils entraient, commandaient à boire. Kay, invariablement allumait une cigarette. Elle lui touchait le coude, balbutiait :

— Regarde.

Et c'était un couple qu'elle lui désignait, un couple triste, abîmé dans ses réflexions, ou une femme toute seule qui s'enivrait.

On aurait dit qu'elle était à l'affût du désespoir des autres, qu'elle s'y frottait comme pour user celui qui allait peut-être la pénétrer.

— Marchons.

Ce mot-là les faisait se regarder en souriant. Ils l'avaient prononcé si et si souvent, eux qui n'avaient en réalité que deux jours et deux nuits d'amour derrière eux !

— Tu ne trouves pas que c'est drôle?

Il n'avait pas besoin de lui demander ce qui était drôle. Ils pensaient à la même chose, à eux deux qui ne se connaissaient pas et qui s'étaient rejoints par miracle à travers la grande ville, et qui, maintenant, se raccrochaient l'un à l'autre avec une ardeur désespérée, comme s'ils sentaient déjà le froid de la solitude les envahir.

« Tout à l'heure... plus tard... » pensait Combe.

Dans la 24e Rue, il y avait une boutique de Chinois où l'on vendait des tortues minuscules, des bébés-tortues, comme l'annonçait un écriteau.

— Achète-m'en une veux-tu?

On la lui mit dans une petite boîte de carton et elle l'emporta précieusement, en s'efforçant de rire, mais elle pensait sans doute que c'était le seul gage de l'amour qu'ils venaient de vivre.

— Ecoute, Kay...

Elle lui mit un doigt sur les lèvres.

— Il faut pourtant que je te dise...

— Chut ! Allons manger quelque chose...

Ils traînaient et, cette fois-ci, ils traînaient exprès dans la ville, parce que c'était au plein de la foule qu'ils se sentaient le mieux chez eux.

Elle mangeait comme le premier soir, avec une lenteur exaspérante qui ne l'exaspérait plus.

— Il y a encore tant de choses que j'aurais voulu te raconter ! Je sais bien, vois-tu, ce que tu penses. Et tu te trompes tellement, mon Frank !

Il était peut-être deux heures du matin, peut-être davantage, et ils marchaient toujours, et ils refaisaient en sens inverse cette longue route de la 5e Avenue qu'ils avaient déjà parcourue deux fois.

— Où me conduis-tu?

Elle se ravisa aussitôt :

— Non, tais-toi !

Il ne savait pas encore ce qu'il allait faire, ce qu'il espérait. Il regardait droit devant lui, farouche, et elle marchait à son côté en respectant pour la première fois son silence.

A la longue, cette marche silencieuse dans la nuit prenait les allures solennelles d'une marche nuptiale et ils s'en rendaient si bien compte tous les deux qu'ils se serraient davantage l'un contre l'autre, non plus comme des amants, mais comme deux êtres qui auraient erré longtemps dans la solitude et qui auraient obtenu enfin la grâce inespérée d'un contact humain.

Ils n'étaient presque plus un homme et une femme. Ils étaient deux êtres, deux êtres qui avaient besoin l'un de l'autre.

Ils retrouvaient, les jambes lasses, la paisible perspective de Washington Square. Combe savait que sa compagne s'étonnait, qu'elle se demandait s'il n'allait pas la reconduire à leur point de départ, à la boutique à saucisses où ils s'étaient rencontrés, ou encore devant cette maison de Jessie qu'elle lui avait désignée la veille.

Il souriait avec une pointe d'amertume. Il avait peur, très peur, de ce qu'il allait faire.

Ils ne s'étaient pas encore dit qu'ils s'aimaient. Peut-être avaient-ils, l'un comme l'autre, la superstition de ce mot-là ? ou la pudeur ?

Combe reconnaissait sa rue, apercevait là-bas la porte qu'il avait franchie, deux soirs plus tôt, quand il avait fui, à bout de nerfs, les échos des amours de ses voisins.

Il était plus grave, aujourd'hui. Il marchait plus droit, avec la conscience d'accomplir un acte important.

Parfois l'envie lui prenait de s'arrêter, de faire demi-tour, de se replonger avec Kay dans l'irréel de leur vie vagabonde.

Il revoyait, comme un havre, le trottoir en face du *Lotus,* les lettres violettes de l'enseigne, l'employé miteux derrière son comptoir. C'était si facile !

— Viens ! dit-il enfin en s'arrêtant devant un seuil.

Elle ne se méprit pas. Elle savait que la minute était aussi définitive que si un suisse chamarré eût ouvert devant eux la porte à deux battants de l'église.

Elle pénétra dans la petite cour, bravement, en promenant autour d'elle un regard paisible et sans étonnement.

— C'est amusant, s'efforça-t-elle de prononcer de son ton le plus léger. Nous étions voisins et nous avons mis si longtemps à nous rencontrer.

Ils entrèrent dans le vestibule. Il y avait un certain nombre de boîtes aux lettres rangées les unes à côté des autres, avec un bouton électrique sous chacune, et un nom sur la plupart.

Celui de Combe n'y figurait pas et il comprit qu'elle l'avait remarqué.

— Viens. Il n'y a pas d'ascenseur.

— Il n'y a que quatre étages, rétorqua-t-elle, ce qui prouvait qu'elle avait examiné la maison.

Ils montèrent l'un derrière l'autre. Elle marchait devant. Sur le troisième palier, elle s'effaça pour le laisser passer.

La première porte à gauche était celle de J. K. C. Ensuite c'était la sienne. Mais, avant de l'atteindre, il éprouva le besoin de s'arrêter, de regarder un long moment sa compagne, puis de la prendre dans ses bras et de baiser lentement, profondément, ses lèvres.

— Viens.

Le corridor, mal éclairé, sentait déjà le pauvre. La porte était d'un vilain brun et il y avait des traces de doigts sales sur les murs. Il tira sa clef de sa poche, au ralenti. Il dit, en s'efforçant de rire :

— Quand je suis sorti la dernière fois, j'ai oublié d'éteindre la lumière. Je m'en suis aperçu dans la rue et je n'ai pas eu le courage de remonter.

Il poussa la porte. Elle s'ouvrit sur une antichambre minuscule, tout encombrée de malles et de vêtements.

— Entre.

Il n'osait pas la regarder. Ses doigts tremblaient.

Il ne lui disait plus rien, il l'attirait à l'intérieur, il la poussait, il ne savait plus au juste ce qu'il faisait, mais il l'introduisait chez lui, il l'invitait enfin, honteux, anxieux, à entrer dans sa vie.

Le calme de la chambre, où la lampe allumée les accueillait, avait quelque chose de fantomatique. Il avait cru que c'était sordide et voilà que c'était tragique, tragique de solitude, d'abandon.

Ce lit défait, avec encore la forme d'une tête en creux, dans l'oreiller; ces draps fripés qui sentaient l'insomnie; ce pyjama, ces pantoufles, ces vêtements vides et mous sur les chaises...

Et, sur la table, à côté d'un livre ouvert, ces restes d'un repas froid, d'un triste repas d'homme seul !

Il se rendit compte, soudain, de ce à quoi il avait échappé pour un moment et il resta debout près de la porte, figé, tête basse, sans oser faire un mouvement.

Il ne voulait pas la regarder, mais il la voyait, il savait qu'elle mesurait, elle aussi, l'intensité de sa solitude.

Il avait cru qu'elle serait étonnée, dépitée.

Etonnée, elle l'était peut-être un peu, très peu, de découvrir que sa solitude à lui était encore plus absolue, plus irrémédiable que la sienne.

Ce qu'elle vit en premier lieu, ce furent deux photographies, deux photographies d'enfants, un petit garçon et une petite fille.

Elle murmura :

— Toi aussi.

Tout cela était très lent, désespérément lent. Les secondes comptaient, les dixièmes de seconde, les moindres fractions d'un temps où se jouait tant de passé et tant d'avenir.

Combe avait détourné le regard du visage de ses enfants. Il ne voyait plus rien que des taches troubles qui se troublaient toujours davantage, et il avait honte de lui, il avait envie de demander pardon, sans savoir à qui ni pourquoi.

Alors, lentement, Kay écrasa sa cigarette dans un cendrier. Elle retira son manteau de fourrure, son chapeau, passa derrière son compagnon pour refermer la porte qu'il avait laissée ouverte.

Puis, touchant d'un doigt léger le col de son vêtement, elle dit simplement :

— Enlève ton pardessus, chéri.

C'était elle qui le lui retirait, chez lui, et qui trouvait tout de suite sa place au portemanteau.

Elle revenait vers lui, plus familière, plus humaine. Elle souriait d'un sourire où il y avait comme une joie secrète, à peine avouable. Et elle ajoutait, en nouant enfin ses bras autour des épaules de l'homme :

— Je le savais, vois-tu.

4

ILS dormirent cette nuit-là comme dans une salle d'attente de gare ou comme dans une auto en panne au bord de la route. Ils dormirent dans les bras l'un de l'autre et, pour la première fois, ne firent pas l'amour.

— Pas ce soir, avait-elle murmuré sur un ton de prière.

Il avait compris, ou cru comprendre. Ils étaient un peu meurtris et ils avaient en eux cette sorte de vertige qui persiste après un long voyage.

Etaient-ils vraiment arrivés quelque part? Ils s'étaient couchés tout de suite, sans mettre de l'ordre dans la chambre. Et, de même qu'après une traversée on garde pendant les premières nuits la sensation du tangage et du roulis, de même ils pouvaient croire par instants qu'ils marchaient toujours, qu'ils marchaient sans fin dans la grande ville.

Ce fut la première fois qu'ils se levèrent à la même heure que la plupart des gens. Quand Combe s'éveilla, il vit Kay qui ouvrait la porte du logement. Peut-être était-ce le bruit de la serrure qui venait de l'arracher au sommeil, et son premier mouvement fut un mouvement d'inquiétude.

Mais non. Il la voyait de dos, les cheveux en masse confuse et soyeuse, enveloppée dans une de ses robes de chambre qui traînait jusqu'à terre.

— Qu'est-ce que tu cherches?

Elle ne sursauta pas. Elle se retourna naturellement vers le lit et, le mieux, c'est qu'elle ne s'efforça même pas de sourire.

— Le lait. On ne livre pas de lait tous les matins?

— Je ne bois jamais de lait.

— Ah!

Avant de s'approcher de lui, elle pénétrait dans la cuisinette où de l'eau chantait sur le réchaud électrique.

— Tu bois du café, ou du thé?

Pourquoi était-il ému d'entendre une voix déjà familière résonner dans cette pièce où il n'avait jamais vu entrer personne? Un instant auparavant, il lui en voulait un peu de n'être pas venue l'embrasser, mais, à présent, il comprenait, c'était beaucoup mieux ainsi, elle allait et venait, ouvrait des placards, lui apportait une robe de chambre de soie bleu marine.

— Tu veux celle-ci?

Et elle avait les pieds dans des mules d'homme avec lesquelles elle était forcée de traîner la semelle.

— Qu'est-ce que tu manges, le matin?

Il répondait, paisible, détendu :

— Cela dépend. D'habitude, quand j'ai faim, je descends au *drugstore*.

— J'ai trouvé du thé et du café dans une boîte en fer. A tout hasard, comme tu es français, j'ai préparé du café.

— Je vais descendre acheter du pain et du beurre, annonça-t-il.

Il se sentait très jeune. Il avait envie de sortir, mais ce n'était pas comme la veille, quand il avait quitté le *Lotus* sans parvenir à s'en éloigner de plus de cent mètres.

Maintenant, elle était chez lui. Et lui qui était assez méticuleux, peut-être un peu trop, sur le chapitre de la toilette, faillit sortir non rasé, les pieds dans des pantoufles, comme on le voit faire par certaines gens le matin, à Montmartre ou à Montparnasse, ou dans les quartiers populaires.

Ce matin d'automne avait un goût de printemps et il se surprit à fredonner sous la douche, tandis que Kay arrangeait le lit et accompagnait machinalement sa chanson.

C'était comme si on eût enfin déchargé ses épaules d'un énorme poids d'années dont il ne s'était jamais aperçu, mais sous lequel il avait courbé l'échine sans le savoir.

— Tu ne m'embrasses pas?

Avant de le laisser partir, elle lui tendait le bout des lèvres. Sur le palier, il marquait un temps d'arrêt, faisait demi-tour, ouvrait la porte.

— Kay!

Elle était toujours à la même place et regardait encore de son côté.

— Quoi?

— Je suis heureux.

— Moi aussi. Va...

Il ne fallait pas s'appesantir. C'était trop nouveau. La rue aussi était nouvelle ou plutôt, s'il la reconnaissait en gros, il en découvrait des aspects inconnus.

Le *drugstore*, par exemple, où il avait si souvent pris son petit déjeuner solitaire en lisant un journal. Il le regardait à présent avec une joyeuse ironie teintée de pitié.

Il s'arrêtait, attendri, pour contempler un orgue de Barbarie arrêté au bord du trottoir et il eût juré que c'était le premier qu'il voyait à New York, le premier qu'il voyait depuis son enfance. Chez l'Italien aussi, c'était nouveau d'acheter, non plus pour un, mais pour deux. Il commandait des tas de petites choses dont il n'avait jamais eu envie et dont il voulait voir regorger le frigidaire. Il emporta sur ses bras le pain, le beurre, le lait et les œufs et fit livrer le reste. Au moment de sortir, il se ravisa.

— Vous mettrez une bouteille de lait à ma porte chaque matin.

D'en bas, il vit Kay derrière les vitres et elle

remua un peu la main pour lui faire signe. Elle vint à sa rencontre au haut de l'escalier, le débarrassa de ses paquets.

— Zut ! J'ai oublié quelque chose.

— Quoi ?

— Les fleurs. Déjà hier matin, j'avais l'intention de venir mettre des fleurs dans la chambre.

— Tu crois que ce n'est pas mieux ainsi ?

— Pourquoi ?

— Parce que...

Elle cherchait ses mots, grave et souriante tout ensemble, avec ce rien de pudeur qu'ils avaient tous les deux ce matin-là.

— ... parce que cela fait moins nouveau, tu comprends? Cela fait comme si cela durait depuis plus longtemps.

Elle enchaînait, pour ne pas s'attendrir :

— Tu sais ce que je regardais par la fenêtre? Juste en face, il y a un vieux tailleur juif. Tu ne l'as jamais remarqué?

Il avait vaguement aperçu un vieux bonhomme assis à la turque sur une grande table et occupé à coudre à longueur de journées. Il avait une longue barbe sale, des doigts brunis par la crasse ou par le frottement des étoffes.

— Lorsque je vivais à Vienne avec ma mère... Je t'ai dit que ma mère était une grande pianiste et qu'elle était célèbre?... C'est exact... Mais, avant cela, elle a eu des débuts difficiles... Quand j'étais petite, nous étions très pauvres et nous vivions dans une seule chambre... Oh ! moins belle que celle-ci, car il n'y avait ni cuisine, ni frigidaire, ni salle de bains... Il n'y avait même pas d'eau et nous devions, comme tous les locataires, aller nous laver à un robinet au bout du corridor... L'hiver, si tu savais comme c'était froid !...

» Qu'est-ce que je disais?... Ah ! oui... Quand j'avais la grippe et que je n'allais pas à l'école, je passais des journées entières à la fenêtre et, juste en face, il y avait un vieux tailleur juif qui ressemblait tellement à celui-ci que, tout à l'heure, j'ai cru un instant que c'était le même... »

Il dit légèrement :

— C'est peut-être lui?

— Idiot! Il aurait au moins cent ans... Tu ne trouves pas que c'est une curieuse coïncidence?... Cela m'a mise de bonne humeur pour le restant de la journée...

— Tu avais besoin de ça?

— Non... Mais je me sens une âme de petite fille... J'ai même envie de me moquer de toi... J'étais très moqueuse, tu sais, quand j'étais jeune... jeune...

— Qu'est-ce que j'ai fait de ridicule?

— Tu permets que je te pose une question?

— J'écoute.

— Comment se fait-il qu'il y ait au moins huit robes de chambre dans ta penderie? Je ne devrais peut-être pas te demander ça? Mais c'est tellement extraordinaire, un homme qui...

— ... qui possède tant de robes de chambres et qui habite ici, n'est-ce pas? C'est pourtant bien simple. Je suis acteur.

Pourquoi prononçait-il ces mots pudiquement, en évitant de la regarder? Ils avaient, ce jour-là, des délicatesses infinies, assis tous les deux devant la table non desservie, avec pour horizon cette fenêtre derrière laquelle cousait le vieux tailleur à barbe de rabbin.

C'était la première fois qu'ils se passaient du support de la foule, la première fois, pouvait-on dire, qu'ils se trouvaient vraiment face à face, rien qu'eux deux, sans ressentir le besoin d'un disque ou d'un verre de whisky pour entretenir leur surexcitation.

Elle n'avait pas mis de rouge à lèvres et cela lui

faisait un visage nouveau, beaucoup plus doux, avec quelque chose de timide, de craintif. Le changement était si frappant que la cigarette n'était plus en harmonie avec cette Kay-là.

— Cela te déçoit?

— Que tu sois acteur? Pourquoi cela me décevrait-il?

Mais elle était un peu triste. Et, le plus grave, c'est qu'il comprenait pourquoi, c'est qu'ils comprenaient tous les deux, sans qu'il y eût besoin de mots entre eux.

S'il était acteur, si, à son âge, il habitait cette chambre de Greenwich Village si...

— C'est beaucoup plus compliqué que tu ne le penses, soupira-t-il.

— Je ne pense rien, mon chéri.

— A Paris, j'étais très connu, je pourrais prétendre que j'étais célèbre.

— Il faut que je t'avoue que je ne me souviens pas du nom que tu m'as dit. Tu ne l'as prononcé qu'une fois, le premier soir, tu te rappelles? J'étais distraite et je n'ai pas osé te le faire répéter.

— François Combe. Je jouais au théâtre de la Madeleine, à la Michodière, au Gymnase. J'ai fait des tournées dans toute l'Europe et en Amérique du Sud. J'ai été aussi la vedette d'un certain nombre de films. Il y a huit mois encore, on m'offrait un contrat important...

Elle s'efforçait de ne lui manifester aucune pitié qui lui eût fait mal.

— Ce n'est pas ce que tu crois, se hâta-t-il de poursuivre. Je peux retourner là-bas quand je voudrai et y reprendre ma place...

Elle lui versa une nouvelle tasse de café, si naturellement qu'il la regarda, surpris car cette intimité qui se manifestait à leur insu dans leurs moindres gestes avait un caractère presque miraculeux.

— C'est tout simple et c'est bête. Je peux bien te

le dire. A Paris, tout le monde est au courant et on en a fait des échos dans les petits journaux. Ma femme était actrice, elle aussi, une grande actrice. Marie Clairois...

— Je connais son nom.

Elle regretta ces mots, mais il était trop tard. N'avait-il pas déjà noté qu'elle connaissait le nom de théâtre de sa femme, mais qu'elle ignorait le sien ?

— Elle n'est pas beaucoup plus jeune que moi, poursuivait-il. Elle a dépassé la quarantaine. Il y a dix-sept ans que nous sommes mariés. Mon fils va avoir bientôt seize ans.

Il parlait d'un ton détaché. D'un air tout naturel aussi, il regarda une des deux photographies qui ornaient le mur. Puis il se leva et arpenta la chambre pour achever :

— L'hiver dernier, brusquement, elle m'a annoncé qu'elle me quittait pour vivre avec un jeune acteur à peine sorti du Conservatoire et engagé au Théâtre-Français... Il a vingt et un ans... C'était le soir, dans notre maison de Saint-Cloud... Une maison que j'ai fait bâtir, car j'ai toujours aimé les maisons... J'ai des goûts assez bourgeois, tu sais...

» Je venais de rentrer du théâtre... Elle est arrivée après moi... Elle m'a rejoint dans ma bibliothèque et, pendant qu'elle m'annonçait sa décision, posément, avec beaucoup de douceur, je dirais même avec beaucoup d'affection, sinon de tendresse, j'étais loin de me douter que l'autre attendait déjà à la porte dans le taxi qui devait les emmener.

» Je vous avoue... »

Il se reprit :

— Je t'avoue que j'étais tellement stupéfait, tellement abasourdi que je lui ai demandé de réfléchir. Je me rends compte, maintenant, du ridicule ma réplique. Je lui ai dit :

» — *Va dormir, mon petit. Nous parlerons de cela demain, quand tu te seras reposée.*

» Alors, elle m'a avoué :

» — *Mais c'est tout de suite, François, que je m'en vais. Tu ne comprends donc pas?*

» Comprendre quoi? Que c'était si urgent qu'elle ne pouvait pas attendre au lendemain?

» Je ne l'ai pas compris, en effet. Mais je crois qu'à présent je comprendrais. Je me suis emporté. J'ai dû dire des énormités.

» Et elle me répétait, sans rien perdre de son calme et de sa douceur un peu maternelle :

» — *Comme c'est dommage, François, que tu ne comprennes pas!* »

Le silence flotta autour d'eux, si ténu, d'une qualité si fine, qu'il n'avait rien d'angoissant ni de gênant. Combe alluma sa pipe du même geste qu'il avait en scène dans certains rôles.

— Je ne sais pas si tu l'as vue à la scène ou à l'écran. Actuellement encore, elle joue les jeunes filles et elle peut le faire sans ridicule. Elle a un visage très doux, très tendre, un peu mélancolique, de grands yeux qui vous fixent avec candeur, comme ceux d'un chevreuil, tiens, qui regarde avec stupeur et reproche l'homme qui vient de le blesser méchamment. Ce sont ses rôles, et elle était comme ça dans la vie, elle était comme ça cette nuit-là.

» Tous les journaux en ont parlé, les uns à mots couverts, les autres cyniquement. Le gosse a quitté la Comédie-Française pour débuter sur les boulevards dans la même pièce qu'elle. La Comédie lui a intenté un procès en rupture de contrat...

— Et tes enfants?

— Le garçon est en Angleterre, à Eton. Il y a déjà deux ans qu'il y est et j'ai voulu que rien ne fût changé. Ma fille, elle, vit chez ma mère, à la campagne, près de Poitiers. J'aurais pu rester. Je suis resté près de deux mois.

— Tu l'aimais?

Il la regarda comme sans comprendre. C'était la première fois, tout à coup, que les mots n'avaient plus pour eux le même sens.

— On m'offrait la vedette d'un film important où elle avait un rôle et où je savais qu'elle finirait par faire tourner son amant. Dans notre métier, nous sommes destinés à nous rencontrer sans cesse, n'est-ce pas?

» Un exemple. Comme nous habitions Saint-Cloud et que nous rentrions le soir en voiture, il nous arrivait souvent de nous retrouver au *Fouquet's*, avenue des Champs-Elysées...

— Je connais.

— Ainsi que la plupart des acteurs, je n'ai jamais dîné avant de jouer, mais je soupais assez copieusement. J'avais mon coin au *Fouquet's*. On savait d'avance ce qu'il fallait me servir. Eh bien! je ne dirai pas le lendemain, mais quelques jours après son départ, ma femme y était, et n'y était pas seule. Et elle vint me tendre la main avec tant de simplicité, de naturel, que nous avions l'air, tous les deux, ou plutôt tous les trois, de jouer une scène de comédie...

» — *Bonsoir, François.*

» Et l'autre, qui me tendait la main, lui aussi, un peu nerveusement, et qui balbutiait :

» — *Bonsoir, monsieur Combe.*

» Ils s'attendaient, je m'en rendais compte, à ce que je les fasse asseoir à ma table. J'étais servi. Je me revois encore. Il y avait cinquante personnes, dont deux ou trois journalistes, à nous regarder.

» C'est ce soir-là que j'ai annoncé, sans réfléchir à la portée des mots que je prononçais :

» — Je crois que je vais quitter Paris prochainement.

» — Où vas-tu?

» — On m'offre un contrat à Hollywood. Maintenant que rien ne me retient ici...

» Cynisme? Inconscience? Non. Je crois qu'elle n'a jamais été cynique. Elle a cru ce que je lui disais. Elle n'ignorait pas qu'il y a quatre ans j'ai en effet reçu une offre de Hollywood et je ne l'ai refusée qu'à cause d'elle, d'une part, qui n'était pas comprise dans l'engagement, des enfants, d'autre part, encore trop jeunes pour que je veuille m'en séparer.

» Elle m'a dit :

» — *Je suis bien contente pour toi, François. J'ai toujours été sûre que tout s'arrangerait.*

» Eh bien! je les avais laissés debout jusque-là, et je les ai alors priés de s'asseoir, je me demande encore pourquoi.

» — *Qu'est-ce que vous prenez?*

» — *Tu sais bien que je ne soupe pas. Un jus de fruits.*

» — *Et vous?*

» L'idiot se croyait obligé de commander la même chose, n'osait pas demander un alcool quelconque dont il aurait eu grand besoin pour se donner de l'aplomb.

» — *Deux jus de fruit, maître d'hôtel.*

» Et je continuais de dîner, avec eux deux devant moi!

» — *Tu as des nouvelles de Pierrot?* me demandait ma femme en tirant sa boîte à poudre de son sac.

» Pierrot, c'est le petit nom que nous donnons à mon fils.

» — *J'en ai reçu il y a trois jours. Il est toujours très heureux là-bas.*

» — *Tant mieux.*

— Et vois-tu Kay...

Pourquoi, à ce moment-là, et à ce moment-là précisément, lui demanda-t-elle :

— Tu ne veux pas m'appeler Catherine?

Il lui prit le bout des doigts en passant et les serra.

— Vois-tu, Catherine, pendant tout le temps que dura mon souper, ma femme avait de petits regards pour l'autre, pour le jeune idiot à qui elle semblait dire :

» — *C'est si simple, tu vois! N'aie donc pas peur.*

— Tu l'aimes encore, n'est-ce pas?

Il fit deux fois le tour de la pièce, le front soucieux. Deux fois il regarda fixement le vieux tailleur juif dans la chambre d'en face et enfin il vint se camper devant elle, prit un temps, comme au théâtre pour une réplique capitale, mit son visage, ses yeux bien dans la lumière avant d'articuler :

— Non!

Il ne voulait pas d'émotion. Il n'était pas ému. Il ne fallait surtout pas que Kay se méprît et il se mettait aussitôt à parler très vite, d'une voix un peu coupante.

— Je suis parti et je suis venu aux Etats-Unis. Un ami, qui est un de nos plus grands metteurs en scène, m'avait dit :

» — Tu as toujours ta place à Hollywood. Un homme comme toi n'a pas besoin d'attendre qu'on vienne lui proposer un contrat. Va là-bas. Vois Untel et Untel de ma part...

» Je l'ai fait. On m'a fort bien reçu, fort poliment.

» Tu comprends, maintenant?

» Fort poliment, mais sans me proposer le moindre travail.

» — Si nous nous décidons à réaliser tel film où il y a quelque chose pour vous, nous vous ferons signe.

» Ou encore :

» — Dans quelques mois, lorsque nous établirons le programme de notre prochaine production...

» C'est tout, Kay, et tu vois comme c'est bête...

— Je t'avais demandé de m'appeler Catherine.

— Pardonne-moi. Je m'y habituerai. A Hollywood, il y a quelques artistes français que je connais intimement. Ils ont été très chics. Tous voulaient m'aider. Et je tombais sans cesse comme un poids mort dans leur vie bousculée.

» Je n'ai pas voulu les gêner davantage. J'ai préféré venir à New York. D'ailleurs, les contrats se décrochent aussi bien ici qu'en Californie.

» J'ai d'abord habité un grand hôtel dans Park Avenue.

» Puis un hôtel plus modeste.

» Et enfin j'ai trouvé cette chambre.

» Et j'étais tout seul, voilà ! J'étais tout seul, c'est toute l'histoire.

» Tu sais maintenant pourquoi j'ai tant de robes de chambre, tant de complets et tant de chaussures. »

Il tenait son front collé à la vitre. Sa voix, à la fin, avait vibré. Il savait bien qu'elle viendrait, il savait qu'elle viendrait doucement, sans faire de bruit.

Son épaule attendait le contact de sa main et il ne bougea pas, il continuait à regarder le tailleur juif d'en face qui fumait une énorme pipe en porcelaine.

Une voix chuchotait à son oreille :

— Tu es encore très malheureux?

Il secoua négativement la tête, mais il ne voulait pas, il ne pouvait pas se retourner encore.

— Tu es sûr que tu ne l'aimes plus?

Alors, il s'emporta. Il se retourna tout d'une pièce, de la colère dans les yeux.

— Mais, imbécile, tu n'as donc rien compris?

Il fallait qu'elle comprît, pourtant. C'était trop important. C'était capital. Et, si elle ne comprenait pas, qui serait capable de comprendre?

Toujours cette manie de tout ramener au plus facile, de tout ramener à une femme.

Il marchait fiévreusement. Il lui en voulait tellement qu'il se refusait à la regarder.

— Tu ne comprends pas que ce n'est pas cela qui compte, mais que c'est moi... Moi!... Moi!...

Il hurlait presque le mot « moi ».

— Moi tout seul, si tu veux, si tu préfères. Moi qui me suis retrouvé tout nu! Moi qui ai vécu seul, ici, oui, ici, pendant six mois.

» Si tu ne comprends pas ça, tu... tu... »

Il faillit lui crier :

— Tu n'es pas digne d'être ici toi-même!

Mais il s'arrêta à temps. Et il se tut, furieux, ou plutôt renfrogné, comme un gamin qui vient de piquer une colère stupide.

Il se demandait ce que Kay pouvait penser, quelle était l'expression de son visage, et il s'obstinait à ne pas la regarder, il fixait n'importe quoi, une tache sur le mur, enfonçait ses mains dans ses poches.

Pourquoi ne l'aidait-elle pas? N'était-ce pas le moment, pour elle, de faire les premiers pas? Est-ce qu'elle ramenait vraiment tout à une sentimentalité bête, est-ce qu'elle s'imaginait que son drame était un vulgaire drame de cocu?

Il lui en voulait. Il la détestait. Oui, il était prêt à la détester. Il penchait un peu la tête. Déjà, quand il était petit, sa mère disait que, quand il devenait sournois, il penchait la tête sur son épaule gauche.

Il risqua un œil, littéralement. Et alors il la vit qui pleurait et qui souriait tout ensemble. Il lut sur son visage, où on distinguait le sillon de deux larmes, tant d'attendrissement joyeux qu'il ne sut plus où se mettre, ni quelle contenance prendre.

— Viens ici, François.

Elle était trop intelligente pour ne pas se rendre compte de ce qu'il y avait de périlleux à l'appeler ainsi en ce moment. Est-ce qu'elle était donc si sûre d'elle?

— Viens ici.

Elle lui parlait comme on parle à un enfant têtu, obstiné.

— Viens.

Et il finissait par obéir, comme à contrecœur. Elle aurait dû être ridicule, avec sa robe de chambre qui traînait à terre et ses grandes pantoufles masculines, son visage sans fards, ses cheveux encore brouillés par la nuit.

Elle ne l'était pas, puisqu'il allait vers elle en s'efforçant de conserver un air grognon.

— Viens.

Elle lui prenait la tête. Elle le forçait à la poser sur son épaule, à mettre sa joue contre sa joue. Elle ne l'embrassait pas. Elle le maintenait ainsi, presque de force, comme pour le pénétrer peu à peu de sa chaleur, de sa présence.

Il gardait un œil ouvert. Il conservait un fond de rancune qu'il s'obstinait à ne pas laisser fondre.

Alors, tout bas, si bas qu'il n'eût pas distingué les syllabes si les lèvres qui les prononçaient n'eussent été tout contre son oreille, elle prononça :

— Tu n'étais pas si seul que moi.

Est-ce qu'elle sentait qu'il se raidissait encore un peu? Elle avait confiance en elle, pourtant, ou confiance dans leur solitude qui les empêchait désormais de se passer l'un de l'autre.

— Il faut que je te dise quelque chose, moi aussi.

Ce n'était plus qu'un chuchotement, et, ce qu'il y avait de plus étrange, un chuchotement en plein jour, dans une chambre claire, sans accompagnement de musique en sourdine, sans rien de ce qui aide à sortir de soi-même. Un chuchotement en face d'une fenêtre dans laquelle s'encadrait un vieux tailleur juif et crasseux.

— Je sais bien que je vais te faire mal, parce que tu es jaloux. Et j'aime que tu sois jaloux. Il faut que je te le dise quand même. Quand tu m'as rencontrée...

Elle ne précisa pas « avant-hier » et il lui en fut reconnaissant, car il ne voulait plus savoir qu'ils se connaissaient depuis si peu de temps. Elle dit :

— Quand tu m'as rencontrée...

Et elle poursuivit plus bas encore, de sorte que c'est dans sa poitrine qu'il entendit vibrer la confidence :

— ... J'étais si seule, si irrémédiablement seule, j'étais si bas, avec une telle conscience que je ne remonterais jamais la pente, que j'avais décidé de suivre le premier homme venu, n'importe qui...

» Je t'aime, François ! »

Elle ne le dit qu'une fois. Elle n'aurait pas pu le répéter, d'ailleurs, car ils étaient si serrés l'un contre l'autre qu'ils n'auraient pas pu parler. Et, en dedans d'eux-mêmes, tout était serré pareillement, leur gorge, leur poitrine, peut-être même que leur cœur s'était arrêté de battre?

Qu'auraient-ils pu se dire après ça? Qu'auraient-ils pu faire? Rien, pas même l'amour, car cela aurait sans doute tout gâché.

L'homme n'osait pas relâcher l'étreinte, par crainte, justement, du vide qui devait suivre fatalement un tel paroxysme, et c'est elle qui se dégagea, tout simplement, en souriant. Elle dit :

— Regarde en face.

Et elle ajouta :

— Il nous a vus.

Un rayon de soleil, juste à point, venait lécher

leur vitre, entrait de biais, allait se jouer, en une lentille lumineuse et tremblante, sur un des murs de la chambre, à quelques centimètres de la photographie d'un des enfants.

— Maintenant, François, il va falloir que tu sortes.

Il y avait du soleil dans la rue, du soleil dans la ville, et elle sentait bien, elle, qu'il avait besoin de reprendre pied dans la réalité. C'était indispensable, pour lui, pour eux.

— Tu vas t'habiller autrement. Si! C'est moi qui choisirai ton complet.

Il aurait voulu lui dire tant de choses, à la suite de l'aveu qu'elle venait de faire! Pourquoi ne le lui permettait-elle pas? Elle allait et venait, comme chez elle, comme dans son ménage. Elle était capable de fredonner. Et c'était leur chanson, qu'elle disait comme elle ne l'avait jamais dite, d'une voix si grave, si profonde et si légère à la fois que ce n'était plus une banale ritournelle, mais que cela devenait, pour un instant, comme la quintessence de tout ce qu'ils venaient de vivre.

Elle fouillait dans le placard aux vêtements. Elle monologuait :

— Non, monsieur. Pas de gris aujourd'hui. Pas de beige non plus. Et d'ailleurs, le beige ne vous va pas, quoi que vous en pensiez. Vous n'êtes ni assez brun, ni assez blond pour supporter le beige.

Et soudain, riant :

— Au fait, qu'elle est la couleur de tes cheveux? Figure-toi que je ne les ai jamais regardés. Tes yeux, je les connais. Ils changent de couleur selon tes pensées et, tout à l'heure, quand tu t'es approché de moi avec un air de victime résignée, ou plutôt pas tout à fait résignée, ils étaient d'un vilain gris sombre, comme une mer houleuse qui rend tous les passagers malades. Je me suis demandé si tu serais capable de parcourir le tout petit espace qu'il te restait à franchir ou si je serais obligée d'aller te chercher.

» Allons, François ! Obéissez, monsieur. Tenez ! En bleu marine. Je suis sûre que tu es magnifique en bleu marine. »

Il avait envie de rester et, en même temps, il n'avait pas le courage de lui résister.

Pourquoi pensa-t-il une fois de plus :

« Elle n'est même pas belle. »

Et il s'en voulait de ne pas lui avoir dit que, lui aussi, il l'aimait.

Peut-être parce qu'il n'en était pas sûr? Il avait besoin d'elle. Il avait une peur atroce de la perdre et de retrouver sa solitude. Ce qu'elle lui avait confessé, tout à l'heure...

Il lui en gardait une reconnaissance immense et pourtant il lui en voulait. Il pensait :

« Cela pouvait être moi ou un autre. »

Alors, condescendant et attendri, il s'abandonnait, se laissait habiller comme un gosse.

Il savait qu'elle ne voulait plus que des paroles sérieuses, aux résonances profondes, fussent prononcées entre eux ce matin-là. Il savait que maintenant elle jouait un rôle, son rôle de femme, un rôle qu'il est bien difficile de tenir quand on n'aime pas.

— Je parie, monsieur le Français, que vous avez l'habitude, avec ce complet, de porter une cravate papillon. Et, pour que ce soit plus français encore, je vais vous en choisir une bleue à petits pois blancs.

Comment ne pas sourire alors qu'elle ne se trompait pas? Il s'en voulait un peu de se laisser faire. Il avait peur d'être ridicule.

— Un mouchoir blanc dans la poche extérieure, n'est-ce pas? Un peu froissé, pour ne pas faire mannequin d'étalage. Voulez-vous me dire où sont les mouchoirs?

C'était idiot. C'était bête. Ils riaient, ils jouaient la comédie, tous les deux, et ils avaient les larmes aux yeux, et ils s'efforçaient de le cacher l'un à l'autre par peur de s'attendrir.

— Je suis bien sûre que tu as des gens à voir. Mais si ! Ne mens pas. Je tiens à ce que tu ailles les voir.

— La radio... commença-t-il.

— Eh bien ! tu vas aller à la radio. Tu rentreras quand tu voudras et tu me retrouveras ici.

Elle sentait qu'il avait peur. Elle le sentait si bien qu'elle ne se contentait pas des mots pour lui faire cette promesse, mais qu'elle lui serrait le bras à deux mains.

— Allons, François, *hinaus* !

Elle employait un mot de la première langue qu'elle eut parlée.

— Filez, monsieur, et ne vous attendez pas à trouver en rentrant un déjeuner extraordinaire.

Ils pensèrent tous les deux au *Fouquet's*, en même temps, mais chacun cacha soigneusement sa pensée.

— Mets un pardesssus. Celui-ci... Un chapeau noir. Mais si...

Elle le poussait vers la porte. Elle n'avait pas encore eu le temps de faire sa toilette.

Elle avait hâte d'être seule, il en avait conscience, et il se demandait s'il lui en voulait ou s'il lui en était reconnaissant.

— Je te donne deux heures, mettons trois, lui lançait-elle au moment de refermer la porte.

Mais elle était obligée de la rouvrir et il vit bien qu'elle était un tout petit peu pâle, et gênée.

— François !

Il remontait les quelques marches.

— Excuse-moi de te demander ça. Peux-tu me donner quelques dollars pour acheter le déjeuner?

Il n'y avait pas pensé. Il rougit. C'était si inattendu... Dans le couloir, près de la rampe d'escalier, juste en face de la porte où les lettres J. K. C. étaient peintes en vert...

Il avait la sensation de n'avoir jamais été aussi gauche de sa vie. Il cherchait son portefeuille, il cherchait des billets, il ne voulait pas avoir l'air de les compter, cela lui était égal, et il rougissait davantage, il lui tendait quelques billets de un, de deux ou de cinq dollars, il ne voulait pas le savoir.

— Je te demande pardon.

Il savait. Bien sûr. Et cela lui serrait la gorge. Il aurait voulu rentrer dans la chambre avec elle et donner libre cours à son émotion. Il n'osait pas, justement parce qu'il y avait cette question d'argent entre eux.

— Tu permets que je m'achète une paire de bas?

Alors il comprit ou crut comprendre qu'elle le faisait exprès qu'elle voulait lui rendre sa confiance en lui, lui rendre son rôle d'homme.

— Je m'excuse de n'y avoir pas pensé.

— Tu sais, j'arriverai peut-être à ravoir mes valises...

Elle souriait toujours. Il était indispensable que tout cela fût dit avec le sourire, et, avec ce sourire si particulier qu'ils avaient conquis ce matin-là.

— Je ne ferai pas de folies, va !

Il la regarda. Elle était toujours sans coquetterie, sans fards, sans souci de la silhouette que lui donnait cette robe de chambre d'homme et ces pantoufles qu'elle devait rattraper à chaque instant du bout du pied.

Il se tenait deux marches plus bas qu'elle.

Il les remonta.

Et ce fut là, dans le corridor, devant des portes anonymes, dans une sorte de *no man's land*, leur vrai baiser de la journée, leur premier vrai baiser d'amour peut-être; et ils avaient l'un comme l'autre conscience qu'il devait contenir tant de choses qu'ils le prolongeaient longuement, doucement, tendrement, qu'ils ne voulaient plus le voir finir et qu'il fallut le claquement d'une porte pour séparer leurs lèvres.

Alors, elle dit simplement :

— Va.

Et il descendit, se sentant un autre homme.

5

PAR Laugier, un auteur dramatique français qui habitait New York depuis deux ans, il avait obtenu quelques émissions à la radio. Il avait tenu aussi un rôle de Français, dans une comédie jouée à Broadway, mais la pièce, essayée d'abord à Boston, n'avait tenu l'affiche que trois semaines.

Ce matin, il était sans amertume. Il avait marché jusqu'à Washington Square, où il avait pris l'autobus qui parcourt la 5ᵉ Avenue de bout en bout. Par goût, pour jouir du spectacle de la rue, il était monté sur l'impériale et il continuait, au début tout au moins, à se sentir allègre.

L'avenue était claire, les pierres des buildings d'un gris doré, donnant parfois l'illusion de la transparence, et le ciel, là-haut, d'un bleu pur, avec quelques petits nuages floconneux comme on en voit autour des saints sur les images pieuses.

Le poste de radio était dans la 66ᵉ Rue et, quand il descendit de l'autobus, il se croyait encore heureux, tout au plus ressentait-il un malaise vague, à peine une inquiétude, un manque d'équilibre, plutôt ou peut-être ce que l'on appelle un pressentiment?

Mais un pressentiment de quoi?

La pensée lui vint que, quand il rentrerait chez lui, Kay pourrait ne plus y être. Il haussa les épaules. Il se vit hausser les épaules, car, comme il était de quelques minutes en avance pour la visite qu'il voulait faire, il s'était arrêté devant la vitrine d'un marchand de tableaux.

Pourquoi alors s'assombrissait-il à mesure qu'il s'éloignait de Greenwich Village ? Il pénétra dans le building, dans un des ascenseurs, attendit le douzième étage et parcourut des couloirs qu'il connaissait. Il y avait, au bout, une vaste salle très claire avec des dizaines d'employés hommes et femmes et, dans un box, les cheveux roux, le visage mangé de petite vérole, le directeur des émissions dramatiques.

Il s'appelait Hourvitch. Cela le frappa, parce qu'il se souvint qu'il était hongrois et que désormais tout ce qui se rattachait de près ou de loin à Kay le frappait.

— J'attendais hier votre coup de téléphone, mais cela ne fait rien. Asseyez-vous. Vous passez mercredi. A propos, j'attends votre ami Laugier dans quelques instants. Il devrait déjà être ici. Il est probable que nous diffuserons prochainement sa dernière pièce.

C'était Kay qui lui avait choisi son complet, qui l'avait en quelque sorte habillé et qui avait noué sa cravate, tout à l'heure, voyons, il y avait une demi-heure à peine; il avait cru vivre avec elle une de ces minutes inoubliables qui lient deux êtres à jamais, et voilà que cela lui paraissait déjà lointain, à peine réel.

Pendant que son interlocuteur répondait au téléphone, il laissait errer son regard dans la vaste pièce blanche, et son regard ne parvenait qu'à accrocher une horloge cernée de noir. Il cherchait à reconstituer dans sa mémoire le visage de Kay et il n'y parvenait pas.

C'était à elle qu'il en voulait. Il arrivait à peu près à la voir comme elle était dehors, dans la rue, à la revoir telle qu'elle était le premier soir, avec son petit chapeau noir penché sur le front, du rouge à lèvres sur sa cigarette, sa fourrure rejetée sur ses épaules, mais il s'irritait — non, il s'inquiétait — de ne pas la retrouver autrement.

C'était visible, sans doute, son impatience, sa nervosité, car le Hongrois lui demanda, l'écouteur à l'oreille :

— Vous êtes pressé? Vous n'attendez pas Laugier?

Mais si. Il attendait. Seulement un déclic s'était produit, toute sa sérénité s'était dissipée, il n'aurait pas pu dire au juste quand, et sa confiance, et sa joie de vivre si nouvelle qu'il n'aurait pas osé, de son plein gré, la traîner dans les rues.

Et maintenant il avait un regard de mauvaise conscience pour ainsi dire, avec un détachement affecté, alors que l'homme, devant lui, lâchait enfin le téléphone :

— Vous qui êtes hongrois, vous devez connaître le comte Larski?

— L'ambassadeur?

— Je suppose. Oui, il est sans doute ambassadeur, à présent.

— Si c'est celui auquel je pense, c'est un homme de tout premier ordre. Il est actuellement ambassadeur au Mexique. Il a été longtemps premier secrétaire à Paris où je l'ai connu. Car vous savez, sans doute, que j'ai travaillé pendant huit ans chez Gaumont? Sa femme, si je me souviens bien, est partie avec un gigolo...

Il s'y attendait. Il était honteux. Car c'étaient ces mots-là qu'il avait cherchés, qu'il avait provoqués, et il avait soudain envie de trancher :

— Cela suffit.

L'autre continuait :

— J'ignore ce qu'elle est devenue. Je l'ai rencontrée une fois à Cannes, alors que j'y tournais un film comme assistant. Il me semble, depuis, l'avoir aperçue à New York...

Il sourit pour ajouter :

— Vous savez, on finit par retrouver tout le monde à New York. En haut ou en bas! Je crois qu'elle était plutôt en bas... Au sujet de votre émission, je voulais vous dire...

Est-ce que Combe écoutait encore? Il regrettait d'être venu, d'avoir trop parlé. Il avait le sentiment d'avoir sali quelque chose et pourtant, à ce moment précis, c'était encore à elle qu'il en voulait.

De quoi, il n'en savait rien, peut-être, au fond, tout au fond, de ne pas lui avoir menti intégralement.

Avait-il vraiment cru qu'elle avait été la femme d'un premier secrétaire d'ambassade? Il ne savait plus. Il était furieux. Il se disait, amer :

« Tout à l'heure, quand je rentrerai, elle sera partie. Est-ce qu'elle n'en a pas l'habitude? »

Et l'idée du vide qui l'accueillerait lui était tellement intolérable qu'elle lui donnait une angoisse physique, une douleur nettement localisée dans la poitrine, comme une maladie. Il avait envie de sauter dans un taxi, tout de suite, de se faire conduire à Greenwich Village.

L'instant d'après, presque en même temps, il pensait, ironique :

« Mais non! Elle sera là. N'a-t-elle pas confessé que, la nuit où nous nous sommes rencontrés, c'était moi ou un autre, n'importe qui? »

Une voix joviale qui lançait :

— Comment vas-tu, petit père?

Et il souriait instantanément. Il devait avoir l'air idiot, avec son sourire automatique, car Laugier, qui venait d'arriver et qui lui serrait la main, s'inquiétait :

— Ça ne biche pas?

— Mais si. Pourquoi?

Il ne se compliquait pas l'existence, lui, ou, s'il se la compliquait, c'était à sa manière. Il ne disait jamais son âge, mais il devait avoir cinquante-cinq ans pour le moins. Il ne s'était pas marié. Il vivait entouré de jolies femmes, de vingt à vingt-cinq ans pour la plupart, on les voyait changer autour de lui, il avait l'air d'en jouer comme un jongleur avec ses billes blanches et jamais l'une d'elles ne lui restait dans la main, jamais elles ne paraissaient laisser de traces, apporter la moindre complication dans sa vie de célibataire.

Il poussait la complaisance jusqu'à vous dire au téléphone, quand il vous invitait à dîner :

— Tu es seul? Comme j'aurai une charmante amie avec moi, je lui demanderai d'amener une de ses petites camarades.

Est-ce que Kay était toujours dans la chambre? Si seulement il avait pu, rien qu'un instant, reconstituer son visage? Il s'obstinait et n'arrivait à rien. Il devenait superstitieux, se disait :

« C'est qu'elle n'est plus là. »

Puis, à cause de la présence de Laugier et de son cynisme bon enfant, il la répudiait, il pensait :

« Mais si, elle y est ! Et plutôt deux fois qu'une ! Et, pour ce soir, elle aura trouvé une nouvelle comédie à me jouer. »

Elle mentait, c'était certain. Elle lui avait menti plusieurs fois. Elle l'avait d'ailleurs avoué. Pourquoi ne continuerait-elle pas de mentir? Et à quel moment pouvait-il être sûr qu'elle disait la vérité? Il doutait de tout, même de l'histoire du tailleur juif et du robinet au bout du couloir, à Vienne, qui avait servi à l'attendrir.

— Tu es pâlot, mon petit vieux. Viens manger

un *hamburger* avec moi. Mais si ! Je t'emmène. J'en ai juste pour trois minutes avec Hourvitch.

Pourquoi, pendant que les deux hommes discutaient de leurs affaires, pensait-il à sa femme en même temps qu'à Kay?

A cause du mot du Hongrois sans doute :

— *Elle est partie avec un gigolo.*

Et on devait dire la même chose de sa femme. Cela lui était égal. Il avait été sincère, le matin, en affirmant qu'il ne l'aimait plus. Ce n'était même pas à cause d'elle, en définitive, qu'il avait souffert ou qu'il avait été si désemparé. C'était beaucoup plus compliqué.

Kay, elle-même, ne comprendrait pas. Pourquoi comprendrait-elle? Sur quel piédestal ridicule l'avait-il placée parce qu'il l'avait rencontrée, une nuit où la solitude lui était intolérable et où de son côté elle cherchait, sinon un homme, tout au moins un lit?

Car c'était un lit, à tout prendre, qu'elle cherchait cette nuit-là !

— Ça y est, mon petit père?

Il se leva précipitamment, avec un sourire contraint, docile.

— Tu devrais penser à lui, Hourvitch, mon joli, pour le rôle du sénateur.

Un rôle secondaire, sans doute. Laugier n'en était pas moins bien gentil. A Paris, la situation aurait été renversée. Sept ans plus tôt, par exemple, au *Fouquet's,* justement, c'était Laugier, ivre mort, qui insistait à trois heures du matin :

— Tu comprends, mon mignon... Un rôle en or... Trois cents représentations assurées, sans compter la province et l'étranger... Seulement, il faut que ce soit toi qui joues le dur, sinon tout est par terre, il n'y a plus de pièce... Laisse-toi faire !... Je t'ai raconté le truc... Lis le manuscrit... Débrouille-toi... Si c'est toi qui le portes au directeur de la Madeleine et qui dis que tu veux le jouer, c'est dans le sac... Je te téléphone demain à six heures du soir... N'est-ce pas, madame, qu'il doit jouer ma pièce?

Car sa femme était avec lui ce soir-là. C'était à elle que Laugier avait glissé le manuscrit avec un sourire complice, et, le lendemain, il lui avait envoyé une somptueuse boîte de chocolats.

— Tu descends?

Il descendait. Il attendait l'ascenseur, s'y glissait derrière son ami et gardait son air absent.

— Vois-tu, mon coco, New York, c'est ça... Un jour, tu es...

Il avait envie de le supplier :

— Tais-toi, veux-tu? Tais-toi, de grâce!

Car il connaissait la litanie. On la lui avait déjà servie. New York, c'était fini, il n'y pensait plus, ou plus exactement il y penserait plus tard.

Ce qui comptait, c'est qu'il y avait une femme, chez lui, dans sa chambre, une femme dont il ne savait à peu près rien, dont il doutait, une femme qu'il regardait avec les yeux les plus froids, les plus lucides, les plus cruels qu'il ait jamais eus pour quiconque, une femme qu'il lui arrivait de mépriser et dont il avait conscience de ne plus pouvoir se passer.

— Hourvitch est un chic type. Un peu métèque, comme il se doit. Il n'a pas oublié qu'il a commencé par balayer les studios de Billancourt et il a quelques petits comptes à régler. A part ça, un bon copain, surtout si on n'a pas besoin de lui.

Combe faillit s'arrêter net et serrer la main de son camarade en lui disant simplement :

— Au revoir.

On parle parfois de corps sans âme. Sans doute lui était-il arrivé de prononcer ces mots-là comme tout le monde. Aujourd'hui, à cet instant, au coin de la 66ᵉ Rue et de Madison Avenue, il était vraiment un corps que rien n'animait, dont la pensée, la vie étaient ailleurs.

— Tu as le tort de te frapper, vois-tu. Dans un mois, dans six semaines, tu seras le premier à rire de la tête que tu fais aujourd'hui. Courage, vieux frère, ne fût-ce que pour les petits crabes qui seraient trop contents de te voir flancher. Ainsi, moi, après ma deuxième pièce, à la Porte-Saint-Martin...

Pourquoi l'avait-elle laissé partir? Elle qui devinait tout, elle aurait dû comprendre que ce n'était pas encore le moment. A moins qu'elle ait eu besoin elle-même de sa liberté?

Est-ce que seulement son histoire de Jessie était vraie? Cette malle enfermée dans un appartement dont la clef voguait maintenant vers le canal de Panama...

— Qu'est-ce que tu bois?

Laugier l'avait poussé dans un bar assez pareil à leur petit bar, et il y avait près du comptoir le même phono automatique.

— Un *manhattan*.

Il tripotait, dans sa poche, une pièce de nickel. Il se regardait dans la glace, entre les verres de l'étagère, et il se trouvait une tête si ridicule qu'il éprouva le besoin de s'adresser un sourire sarcastique.

— Qu'est-ce que tu fais après le *lunch*?

— Il faut que je rentre.

— Que tu rentres où? Je t'aurais emmené à une répétition.

Et ce mot-là évoquait pour Combe les répétitions qu'il avait eues à New York, dans une salle de spectacle minuscule, à un vingtième ou vingt-cinquième étage de Broadway. La salle n'était louée que pour le temps strictement nécessaire, une heure ou deux, il ne savait plus. On était encore en plein travail que des gens d'une autre troupe arrivaient et se collaient entre les portants en attendant leur tour.

On aurait dit que chacun ne connaissait que ses répliques, son personnage, ignorait le reste de la pièce ou s'en désintéressait. Et se désintéressait surtout des autres acteurs. On ne se disait ni bonjour ni au revoir.

Est-ce que seulement ceux avec qui il avait joué connaissaient son nom? Le régisseur lui faisait signe. Il effectuait son entrée, prononçait ses répliques et la seule marque d'intérêt humain qu'il eût jamais obtenue, c'était le rire des figurantes, à cause de son accent.

Il avait peur, soudain, une peur affreuse de retrouver cette solitude qu'il avait connue là, entre deux portants de toile peinte, plus épaisse que partout ailleurs, même que dans sa chambre, même que quand, derrière la cloison sonore, Winnie X... et J. K. C. se livraient à leurs ébats du vendredi.

Il se rendit à peine compte qu'il marchait vers le phonographe mécanique, qu'il cherchait un titre, poussait une touche de nickel et glissait une pièce de cinq *cents* dans la fente.

Le morceau était à peine commencé que Laugier, qui faisait signe au barman de remplir les verres, expliquait :

— Tu sais combien cette chanson-là a rapporté, rien qu'aux Etats-Unis? Cent mille dollars, mon petit vieux, en droits d'auteurs, musique et paroles comprises, bien entendu. Et elle est en train de faire le tour du monde. A cette heure-ci, il y a au moins deux mille mécaniques comme celle que tu viens de déclencher qui la jouent, sans parler des orchestres, de la radio, des restaurants. Je me dis parfois que j'aurais mieux fait d'écrire des chansons que des pièces de théâtre. *Cheerio!...* Si on allait bouffer?

— Cela ne t'ennuie pas que je te quitte?

C'était dit si gravement que Laugier le regarda, non seulement avec surprise, mais, malgré son ironie habituelle, avec un certain respect.

— Alors, vraiment, ça ne va pas?

— Excuse-moi...

— Mais oui vieux... Dis donc...

Non. Ce n'était plus possible. Il avait les nerfs à bout. La rue elle-même, avec son vacarme qu'il n'entendait pas d'ordinaire, son agitation bête, l'exaspérait. Il resta un bon moment debout à l'arrêt des autobus puis, quand un taxi s'arrêta à proximité, il se mit à courir pour le rejoindre, s'y engouffra et jeta son adresse.

Il ne savait pas ce qu'il craignait le plus, de retrouver Kay ou de ne pas la retrouver. Il était furieux contre lui, furieux contre elle, sans savoir de quoi il lui en voulait. Il était humilié, terriblement humilié.

Les avenues défilaient. Il ne les regardait pas, ne les connaissait pas. Il se disait :

« Elle en a profité pour filer, la garce ! »

Presque en même temps :

« Moi ou un autre... N'importe qui... Ou le gigolo de Cannes... »

C'était sa rue qu'il guettait par la portière comme s'il se fût attendu à trouver changé l'aspect de sa maison. Il était pâle et il en avait conscience. Ses mains étaient froides, son front moite.

Elle n'était pas à la fenêtre. Il n'y vit pas, comme le matin, quand le soleil était si léger, le jour encore si neuf, sa main qui glissait doucement contre la vitre pour lui envoyer un message affectueux.

Il gravit l'escalier quatre à quatre, ne s'arrêta qu'à l'avant-dernier étage, et il était si furieux qu'il avait honte et pitié de sa propre fureur et que, pour un peu, il eût trouvé la force d'en rire.

C'était là, contre la rampe un peu visqueuse, que, le matin, il y avait deux heures à peine...

Ce n'était pas possible d'attendre davantage. Il avait besoin de savoir si elle était partie. Il se heurtait à la porte, glissait la clef de travers dans la serrure, et il ferraillait encore gauchement quand la porte s'ouvrit de l'intérieur.

Kay était là et Kay souriait.

— Viens... prononça-t-il sans la regarder en face.

— Qu'est-ce que tu as?

— Je n'ai rien. Viens.

Elle portait sa robe de soie noire. Elle n'aurait pas pu en porter une autre, évidemment. Cependant, elle avait dû s'acheter un petit col blanc, en broderie, qu'il ne lui connaissait pas et qui, sans raison, l'exaspéra.

— Viens.

— Le *lunch* est prêt, tu sais.

Il le voyait bien. Il voyait parfaitement la chambre mise en ordre pour la première fois depuis si longtemps. Il devinait même le vieux tailleur juif derrière sa fenêtre, mais il ne lui plaisait pas d'y faire attention.

A rien! Ni à Kay, qui était aussi déroutée, encore plus, que Laugier n'avait été tout à l'heure et dans les yeux de qui il retrouvait la même soumission respectueuse que doivent inspirer tous les paroxysmes.

Il était à bout, est-ce qu'on le comprenait, oui ou non? Si on ne le comprenait pas, on n'avait qu'à le dire tout de suite et il irait crever tout seul dans son coin.

Voilà!

Mais qu'on ne le fasse pas attendre, qu'on ne lui pose pas de questions. Il en avait assez. De quoi? Des questions! De celles qu'il se posait, en tout cas, et qui le rendaient malade, oui, malade de nervosité.

— Alors?

— Je viens, François. J'avais pensé...

Rien du tout! Elle avait pensé à lui préparer un bon petit déjeuner, il le savait, il le voyait, il n'était pas aveugle. Et après? Etait-ce comme cela qu'il l'avait aimée, avec cet air béat de jeune mariée? Est-ce qu'ils avaient déjà été capables de s'arrêter tous les deux?

Lui pas, en tout cas.

— Je crois que le réchaud...

Tant pis pour le réchaud qui brûlerait jusqu'à ce qu'on ait le temps de penser à lui. Est-ce que la lampe n'avait pas brûlé, elle aussi, pendant deux fois vingt-quatre heures? Est-ce qu'il s'en était préoccupé?

— Viens.

De quoi avait-il donc peur? D'elle? De lui? Du sort? Il avait besoin, c'était la seule chose certaine, de se replonger dans la foule avec elle, de marcher, de s'arrêter dans des petits bars, de se frotter à des inconnus, à qui on ne demandait pas pardon quand on les bousculait ou qu'on leur marchait sur les pieds, besoin peut-être de se mettre les nerfs en boule en voyant Kay marquer consciencieusement de l'empreinte ronde de ses lèvres sa soi-disant dernière cigarette.

Fallait-il croire qu'elle avait compris?

Ils étaient sur le trottoir, tous les deux. C'était lui qui ne savait plus ou aller et elle n'avait pas la curiosité de lui poser une question.

Alors, sourdement, comme s'il acceptait une fois pour toutes la fatalité, il répéta, au moment où elle lui prenait le bras :

— Viens.

-:-

Ce furent des heures éreintantes. On aurait dit qu'il s'obstinait, avec une sorte de sadisme, à la faire passer par tous les endroits qu'ils avaient connus ensemble.

A la *cafetaria* du *Rockefeller Center,* par exemple, où il commandait exactement le même menu que la première fois, il l'épiait longuement, férocement, et il questionnait à brûle-pourpoint :

— Avec qui es-tu déjà venue ici?

— Que veux-tu dire?

— Ne pose pas de questions. Réponds. Quand une femme répond à une question par une autre question, c'est qu'elle va mentir.

— Je ne comprends pas, François.

— Tu es venue ici souvent, tu me l'as dit. Avoue qu'il serait extraordinaire que tu y sois toujours venue seule.

— Il m'est arrivé d'y venir avec Jessie.

— Et encore?

— Je ne sais plus.

— Avec quel homme?

— Peut-être, oui, il y a longtemps, avec un ami de Jessie...

— Un ami de Jessie qui était ton amant.

— Mais...

— Avoue.

— C'est-à-dire... Oui, je crois... Une fois, dans un taxi...

Et il voyait l'intérieur du taxi, le dos du chauffeur, les taches laiteuses des visages dans l'ombre. Il avait aux lèvres le goût de ces baisers-là, qu'on vole en quelque sorte en frôlant la foule.

Il grondait :

— Garce!

— Cela avait si peu d'importance, Frank...

Pourquoi l'avait-elle appelé Frank, tout à coup?

Lui ou un autre, n'est-ce pas?... Un de plus ou un de moins...

Comment ne se révoltait-elle pas? Il lui en voulait de sa passivité, de son humilité. Il l'entraînait dehors. Il l'entraînait toujours, ailleurs, plus loin, comme si une force obscure le tirait en avant.

— Et dans cette rue-ci, tu es déjà passée avec un homme?

— Non. Je ne sais plus...

— New York est si grand, n'est-ce pas? Cependant, tu y as vécu des années. Tu ne me feras pas croire que tu n'as pas fréquenté d'autres petits bars comme le nôtre, avec d'autres hommes, que tu n'as pas mis indéfiniment d'autres disques, qui étaient à ce moment-là *votre* disque...

— Je n'ai jamais aimé, Frank.

— Tu mens.

— Crois ce que tu veux. Je n'ai jamais aimé. Pas comme je t'aime...

— Et vous alliez au cinéma! Je suis sûr qu'il t'est arrivé d'aller au cinéma avec un homme, de faire vos cochonneries dans l'obscurité. Avoue!

— Je ne sais plus.

— Tu vois! C'était dans Broadway? Montre-moi le cinéma.

— Peut-être au *Capitol*, une fois...

Ils en étaient à moins de cent mètres et voyaient les lettres rouges et jaunes de l'enseigne s'allumer et s'éteindre.

— Un petit officier de marine. Un Français.

— Vous avez été amants longtemps?

— Un week-end. Son bateau était à Boston. Il était venu à New York pour le week-end avec un ami...

— Et tu les a pris tous les deux!

— Quand l'ami a compris, il nous a quittés.

— Je parie que vous vous êtes rencontrés dans la rue.

— C'est vrai. Je reconnaissais leur uniforme. Je les entendais parler français. Ils ne savaient pas que je comprenais et je me suis laissée aller à sourire. Ils m'ont adressé la parole...

— A quel hôtel t'a-t-il emmenée? Où avez-vous couché? Réponds.

Elle se taisait.

— Réponds!

— Pourquoi tiens-tu tant à savoir? Tu te fais mal pour rien, je t'assure. Cela avait si peu d'importance, vois-tu!

— Quel hôtel?

Alors elle, fataliste, résignée :

— Au *Lotus*.

Il éclata de rire et lui lâcha le bras.

— Ça, alors, c'est le plus beau de tout! Avoue qu'il y a de ces fatalités... Ainsi, quand, le premier soir, le premier matin plutôt, car il faisait presque jour, je t'ai conduite jusqu'au...

— François!

— Oui. Tu as raison. Je suis bête, n'est-ce pas? Comme tu dis si bien, cela n'a aucune importance.

Puis, après quelques pas.

— Je parie qu'il était marié, ton officier, qu'il t'a parlé de sa femme.

— Et il m'a montré la photo de ses gosses.

Le regard fixe, il revoyait les photographies de ses deux enfants au mur de sa chambre et il l'entraînait toujours. Ils avaient atteint leur petit bar. Il l'y poussa brutalement.

— Tu es sûre, absolument sûre, que tu n'es pas venue ici avec un autre? Il vaudrait mieux que tu l'avoues tout de suite, vois-tu.

— Je n'y suis entrée qu'avec toi.

— C'est bien possible, après tout, qu'une fois tu dises la vérité.

Elle ne lui en voulait pas. Elle s'efforçait même de rester naturelle, tendait la main pour recevoir un *nickel* et allait, docile, comme on accomplit un rite, mettre leur disque dans la boîte à musique.

— Deux scotchs.

Il en but trois ou quatre. Et il la voyait traînant la nuit dans les bars avec d'autres hommes que lui, quémandant un dernier verre, allumant une dernière cigarette, toujours la dernière, il la voyait attendant l'homme sur le trottoir, la démarche un peu maladroite à cause de ses hauts talons, de ses pieds qui lui faisaient un peu mal, s'accrochant à un bras...

— Tu ne veux pas que nous rentrions ?

— Non.

Il n'écoutait pas la musique. Il avait l'air de regarder en dedans de lui et il paya brusquement, répéta comme il le faisait depuis des heures :

— Viens.

— Où allons-nous?

— Chercher d'autres souvenirs. Autant dire qu'on pourrait aller n'importe où, n'est-ce pas ?

La vue d'un dancing le faisait questionner :

— Tu danses?

Elle se méprit. Elle dit :

— Tu as envie de danser?

— Je te demande si tu danses.

— Mais oui, François.

— Où allais-tu, les nuits où tu avais envie de danser? Montre-moi... Tu ne comprends pas que je veux savoir? Et tiens... S'il nous arrive de rencontrer un homme... Tu comprends?... Un homme avec qui tu as couché... Cela arrivera bien un jour ou l'autre... Cela nous est peut-être déjà arrivé... je veux que tu me fasses l'honneur de me dire :

— Celui-ci... »

Il se tourna à moitié vers elle, sans le vouloir, remarqua qu'elle avait le sang à la tête, les yeux brillants, mais il n'en avait pas pitié, il souffrait trop pour avoir pitié d'elle.

— Dis ! Est-ce que nous en avons déjà rencontré?

— Mais non.

Elle pleurait. Elle pleurait sans pleurer, comme il arrive aux enfants de pleurer dans la rue alors que leur mère les traîne par la main à travers la foule.

— Taxi !

Et, en l'y faisant entrer :

— Cela te rappellera des souvenirs. Qui était-ce, l'homme du taxi? Pour autant qu'il n'y en ait eu qu'un. Car c'est la mode à New York, n'est-ce pas, l'amour dans les taxis? Qui était-ce?

— Un ami de Jessie, je te l'ai déjà dit. Ou plutôt un ami de son mari, de Ronald, que nous avions rencontré par hasard.

— Où?

Il avait le cruel besoin de tout fixer par des images.

— Dans un petit restaurant français de la 42e Rue.

— Et il vous a offert le champagne ! Et Jessie, discrètement, s'est retirée, comme l'ami de ton marin ! Ce que les gens peuvent être discrets ! Ils comprennent tout de suite. Descendons.

C'était la première fois qu'ils revoyaient le carrefour, la boutique à saucisses où ils s'étaient rencontrés.

— Qu'est-ce que tu veux faire?

— Rien. Un pèlerinage, tu vois ! Et ici?

— Que veux-tu dire?

— Tu as fort bien compris. Ce n'était sûrement pas la première fois que tu venais manger, la nuit, dans cet endroit. C'est tout près de chez toi, de chez ta Jessie. Comme je commence à vous connaître toutes les deux, cela m'étonnerait que vous n'ayez pas noué conversation avec personne. Car tu as un de ces chics pour engager la conversation avec les hommes ! N'est-ce pas, Kay?

Il la regardait en face, si pâle, les traits si tirés,

les yeux si fixes, qu'elle n'avait pas le courage de protester. Il lui serrait le bras cruellement, de ses doigts durs comme des pinces.

— Viens.

La nuit tombée. Ils passaient devant la maison de Jessie et Kay s'arrêtait surprise, en apercevant de la lumière à la fenêtre.

— Regarde, François.

— Eh bien! quoi? Ton amie est rentrée? A moins que ce soit votre Enrico! Tu voudrais bien monter, n'est-ce pas? Dis-le! Tu veux monter? Dis...

Sa voix menaçait :

— Qu'est-ce que tu attends? Tu as peur que je monte avec toi, que je découvre toutes les petites saletés qu'il doit y avoir là-haut?

Alors ce fut elle, la voix lourde, comme gonflée de sanglots, qui prononça en l'entraînant :

— Viens.

Ils marchèrent encore. Ils allèrent une fois de plus le long de la 5e Avenue, tête basse, en silence, sans rien voir que tout ce qu'il y avait de trouble ou d'amer en eux.

— Je vais te poser une question, Kay.

Il paraissait plus calme, plus maître de lui. Elle murmura résignée, avec peut-être un rien d'espoir :

— J'écoute.

— Promets-moi de répondre sincèrement.

— Mais oui.

— Promets.

— Je le jure.

— Dis-moi combien tu as eu d'hommes dans ta vie.

— Que veux-tu dire?

Déjà agressif, il martelait :

— Tu ne comprends pas?

— Cela dépend ce que tu appelles être dans la vie d'une femme.

— Combien d'hommes ont couché avec toi?

Et sardonique :

— Cent? Cent cinquante? Davantage?

— Bien moins.

— C'est-à-dire?

— Je ne sais pas, moi. Attends...

Elle s'appliquait vraiment à chercher dans sa mémoire. On voyait remuer ses lèvres, peut-être pour se murmurer des chiffres, ou des noms.

— Dix-sept. Non, dix-huit...

— Tu es sûre de n'en avoir pas oublié?

— Je crois. Oui, c'est bien tout...

— Y compris ton mari?

— Pardon. Je n'avais pas compté mon mari. Cela fait dix-neuf, mon chéri. Mais si tu savais comme cela a peu d'importance...

— Viens.

Ils faisaient demi-tour. Ils étaient éreintés, le corps et la tête vides. Ils ne disaient plus rien, ne cherchaient pas ce qu'ils pourraient se dire.

Washington Square... Les rues provinciales et désertes de Greenwich Village... La boutique en contrebas du Chinois qui repassait du linge dans une lumière crue... Les rideaux à petits carreaux du restaurant italien...

— Monte!

Il marchait derrière elle, si calme, si froid en apparence qu'elle avait des frissons dans la nuque. Il ouvrit sa porte.

Et il avait presque l'air d'un justicier.

— Tu peux te coucher.

— Et toi?

Lui? Au fait, lui, qu'est-ce qu'il allait faire ? Il se glissa derrière le rideau et colla son front à la vitre. Il l'entendait aller et venir dans la pièce. Il reconnut le bruit du sommier lorsque quelqu'un se couche, mais il resta encore longtemps enveloppé de sa dure solitude.

Enfin il se campa devant elle, la regarda intensément, sans qu'un trait de son visage bougeât.

Il murmura du bout des lèvres :

— Toi...

Puis il répéta, en montant d'un ton chaque fois, pour en arriver à hurler désespérément :

— Toi !... Toi !... Toi !...

Son poing était resté en suspens dans l'espace, et sans doute, un instant, eût-il pu encore redevenir maître de lui.

— Toi !...

La voix devenait rauque, le poing s'abattait, frappait le visage de tout son poids, une fois, deux fois, trois fois...

Jusqu'au moment où, comme vidé de toute substance, l'homme s'effondra enfin sur elle en sanglotant et en demandant pardon.

Et elle soupirait, d'une voix qui venait de très loin, tandis que le salé de leurs larmes se mélangeait sur leurs lèvres :

— Mon pauvre chéri...

6

ILS s'étaient levés très tôt, sans le savoir, tellement persuadés qu'ils avaient dormi une éternité, que ni l'un ni l'autre ne pensa à regarder l'heure.

Ce fut Kay, en ouvrant les rideaux, qui s'écria :

— Viens voir, François.

Pour la première fois depuis qu'il habitait cette chambre, il vit le petit tailleur juif autrement qu'assis à la turque sur sa grande table. Il était installé comme tout le monde sur une chaise, une vieille chaise à fond de paille qu'il avait dû apporter jadis des confins de sa Pologne ou de son Ukraine. Accoudé à sa table, il trempait d'épaisses tartines dans un bol de faïence à fleurs et regardait paisiblement devant lui.

Au-dessus de sa tête, l'ampoule électrique brûlait encore, qu'il amenait, le soir, au bout de son fil souple, tout près de son travail, à l'aide d'un fil de fer.

Il mangeait lentement, solennellement, et il n'avait devant les yeux qu'un mur auquel étaient pendus des ciseaux et des patrons en gros papier gris.

Kay dit :

— C'est mon ami. Il faudra que je trouve le moyen de lui faire plaisir.

Parce qu'ils se sentaient heureux.

— Sais-tu qu'il est à peine sept heures du matin?

Et pourtant ils ne ressentaient aucune fatigue, rien qu'un immense et profond bien-être qui les obligeait, de temps en temps, à sourire, sous les prétextes les plus futiles.

Comme il la regardait s'habiller, tout en versant de l'eau bouillante sur le café, il réfléchit à voix haute :

— Il y avait sûrement quelqu'un, hier au soir, chez ton amie, puisque nous avons vu de la lumière.

— Cela m'étonnerait que Jessie ait pu revenir.

— Tu serais heureuse de retrouver tes affaires, n'est-ce pas?

Elle n'osait pas encore accepter ce qu'elle sentait être de la générosité.

— Ecoute, poursuivit-il. Je vais te conduire làbas. Tu monteras pendant que je t'attendrai.

— Tu crois?

Il savait bien à quoi elle pensait, qu'elle risquait

de rencontrer Enrico, ou Ronald, comme elle appelait familièrement le mari de son ami.

— Nous irons.

Et ils y allèrent, de si bonne heure que le spectacle de la rue leur semblait plein de saveur inconnue. Sans doute avaient-ils déjà parcouru les rues l'un et l'autre de grand matin, mais ils ne l'avaient pas encore fait ensemble. Eux qui avaient tant traîné, la nuit, le long des trottoirs et dans les bars, ils avaient l'impression de se laver l'âme dans la fraîcheur matinale, dans le débraillé allègre d'une ville qui fait sa toilette.

— Tu vois. Il y a une fenêtre ouverte. Monte. Je reste ici.

— Je préférerais que tu viennes avec moi, François. Accepte, veux-tu?

Ils s'engagèrent dans l'escalier qui était propre, sans luxe, très classe moyenne. Il y avait des paillassons devant certaines portes et une bonne, au second étage, astiquait le bouton de cuivre en faisant trembler de gros seins gélatineux.

Il n'ignorait pas que Kay avait un petit peu peur, que c'était une expérience qu'ils tentaient. Comme tout lui paraissait simple, pourtant, à lui, et comme la maison était sage, banale, sans mystère !

Elle sonna et ses lèvres frémissaient tandis qu'elle le regardait et que, pour se rassurer, elle lui serrait furtivement le poignet.

Aucun bruit ne répondait à son coup de sonnette qui avait résonné dans le vide.

— Quelle heure est-il ?

— Neuf heures.

— Tu permets?

Elle sonna à la porte voisine et un homme d'une soixantaine d'années, en robe de chambre ouatinée, les cheveux ébouriffés autour d'un crâne rose, vint ouvrir, un livre à la main. Il dut pencher la tête pour la regarder par-dessus ses lunettes.

— Tiens ! C'est vous, ma petite demoiselle. Je pensais bien que vous passeriez par ici un jour ou l'autre. M. Enrico est-il parvenu à vous joindre ? Il est venu hier dans la soirée. Il m'a demandé si vous m'aviez laissé votre nouvelle adresse. J'ai cru comprendre qu'il y a dans l'appartement certains objets qu'il voudrait vous remettre.

— Je vous remercie, monsieur Bruce. Excusez-moi de vous avoir dérangé. J'avais besoin de m'assurer que c'était bien lui qui était venu.

— Pas de nouvelles de votre amie ?

Comme tout cela était banal, familier !

— Je ne sais pas comment il se fait que ce soit Enrico qui ait la clef, disait-elle, une fois dans la rue avec Combe. Ou, plutôt, je devine. Au début, vois-tu, quand son mari a eu cette situation à Panama, et qu'elle s'est aperçue que le climat ne lui convenait pas, Jessie s'est installée dans le Bronx. Elle travaillait à ce moment-là comme téléphoniste dans un building de Madison Avenue. Lorsqu'elle a rencontré Enrico et qu'elle s'est décidée — car, quoi que tu puisses penser, cela a duré cinq mois avant qu'il y eût quelque chose entre eux — c'est lui qui a insisté pour qu'elle acceptât de venir vivre ici. Il devait simplement payer le loyer, tu comprends ? Je ne sais pas au juste comment ils se sont arrangés, mais je me demande maintenant s'il n'a pas loué l'appartement à son nom.

— Pourquoi ne lui téléphones-tu pas ?

— A qui ?

— A Enrico, mon petit. Puisqu'il a la clef et que tes affaires sont dans l'appartement, c'est tout naturel, n'est-ce pas ?

Il voulait que ce fût naturel. Ce l'était, ce matin-là.

— Tu le veux vraiment ?

Il lui pressa la main.

— Je t'en prie.

C'est lui qui l'emmena, bras dessus, bras dessous, dans le plus proche *drug store*. Là, seulement, elle réfléchit que l'amant de Jessie n'était jamais à son bureau avant dix heures et ils attendirent paisiblement, si paisiblement qu'on aurait pu les prendre pour de déjà vieux mariés.

Deux fois, elle revint bredouille de la cabine. La troisième fois, il la vit, à travers la vitre, qui parlait, qui reprenait contact pour la première fois avec son passé, au bout d'un fil, mais elle ne cessait pas de le regarder, de lui sourire, à lui, d'un sourire timide qui remerciait et demandait pardon tout ensemble.

— Il va venir. Tu n'es pas fâché? Je n'ai pas pu faire autrement. Il m'a dit qu'il sautait dans un taxi et qu'il serait ici dans dix minutes. Il n'a pas pu me donner beaucoup d'explications, parce qu'il y avait quelqu'un dans son bureau. Je sais seulement qu'il a reçu la clef par porteur, dans une enveloppe sur laquelle il y avait le nom de Ronald.

Il se demandait si elle lui prendrait le bras en attendant le Sud-Américain sur le trottoir et elle le fit sans ostentation. Un taxi ne tarda pas à s'arrêter. Elle regarda une dernière fois son compagnon dans les yeux, comme pour une promesse, elle lui montra des yeux très clairs, elle tenait à ce qu'il les vît clairs, et la moue suppliante de ses lèvres lui demandait en même temps d'avoir du courage ou de l'indulgence.

Il n'avait besoin ni de l'un ni de l'autre. Il se sentait soudain si dégagé qu'il éprouvait une certaine peine à garder son sérieux.

Cet Enrico, ce Ric dont il s'était fait un monde, c'était un petit bonhomme tout à fait quelconque. Pas laid, peut-être. Mais si banal et de si peu d'envergure ! Il se croyait obligé, étant donné les circonstances, de se précipiter vers Kay d'une façon un peu théâtrale et de lui serrer les deux mains avec effusion.

— Ce qui nous arrive, ma pauvre Kay !

Fort simplement, elle présenta :

— Un ami, François Combe. Tu peux parler devant lui. Je lui ai tout raconté.

Il y eut bien le « tu »...

— Montons tout de suite, car j'ai un rendez-vous important dans un quart d'heure à mon bureau. Je garde le taxi.

Il marchait devant. Il était vraiment petit, tiré à quatre épingles. Il laissait derrière lui un léger sillon parfumé et on reconnaissait les traces du fer à friser dans ses cheveux bruns et gominés.

Il cherchait la clef dans sa poche, où il y avait un trousseau d'autres clefs. Combe nota le détail avec plaisir, car il avait horreur des hommes qui se promènent avec un trousseau de clefs ! Celle de l'appartement était à part, dans une poche du gilet, où Enrico ne la dénicha qu'après un bon moment de recherches pendant lesquelles ses pieds tendus de cuir trop mince battaient fiévreusement le plancher.

— J'ai été tellement *catastrophé* quand je suis venu et que je n'ai trouvé personne ! J'ai pensé à aller sonner chez ce vieux gentleman sympathique qui m'a remis un mot qu'on lui avait laissé pour moi.

— A moi aussi.

— Je sais. Il m'a dit. Je ne savais pas où te trouver.

Il jeta machinalement un petit coup d'œil à Combe qui souriait. Peut-être attendait-il de Kay une explication quelconque, mais elle ne lui en donna pas et se contenta d'un sourire heureux.

— Ensuite, hier, j'ai reçu la clef, sans un mot. Je suis venu dans la soirée.

Mon Dieu ! Que tout cela était simple ! Et prosaïque ! La fenêtre ouverte provoquait un courant d'air et il fallut refermer vivement la porte après s'être faufilés à l'intérieur. L'appartement était tout petit, tout bête, un appartement comme il devait y en avoir des milliers à New York, avec le même cosy-corner dans le salon, les mêmes tables basses, les mêmes guéridons et les mêmes cendriers près des fauteuils, à portée de la main, le même tourne-disque et la même bibliothèque minuscule dans un angle, près de la fenêtre.

C'était là que Kay et Jessie...

Combe souriait sans en avoir conscience, d'un sourire qui lui sortait en quelque sorte de la peau. Il y avait peut-être une trace de malice dans son regard, mais à peine, et il se demanda, à certain moment, comme s'il s'en rendait compte, si Kay n'était pas vexée. Quelle idée s'était-il donc faite de l'existence qu'elle avait menée, de ces hommes qu'il souffrait d'entendre sempiternellement désigner par leur prénom?

Il en avait un devant lui et il notait qu'à dix heures du matin il portait une perle sur une cravate de couleur!

Kay, après avoir refermé la fenêtre, pénétrait dans la chambre.

— Tu veux me donner un coup de main, François?

Ça, il le savait, c'était une gentillesse. Gentillesse de le tutoyer, de lui faire jouer un rôle en somme assez intime.

Elle ouvrait une malle usagée, plongeait dans la penderie.

— Mais Jessie n'a pas emporté ses affaires, s'étonna-t-elle.

Et Enrico, qui allumait une cigarette :

— Je t'expliquerai. J'ai reçu une lettre d'elle ce matin, qu'elle a écrite à bord du *Santa-Clara*, de la *Grace Line*.

— Elle est déjà en mer?

— Il a exigé qu'elle prît le premier bateau avec lui. Cela ne s'est pas du tout passé comme je l'avais craint un moment. Quand il est arrivé, il était déjà au courant de tous les détails. Je te ferai lire la lettre qu'elle est parvenue à faire poster par un steward. Car il ne la quitte pas d'une semelle. Il est donc arrivé ici. Il lui a dit simplement :

» — *Tu es seule?*

» — *Tu vois bien.*

» — *Tu ne l'attends pas d'un moment à l'autre?* »

Et Enrico poursuivit, en tenant sa cigarette de la même façon un peu précieuse que les Américaines :

— Tu connais Jessie. Elle ne me le dit pas dans sa lettre, mais elle a dû protester, s'indigner, jouer toute une comédie.

Le regard de Combe croisa celui de Kay et tous deux sourirent.

— Il paraît que Ronald était très froid.

Tiens ! Il l'appelait Ronald aussi...

— Je me demande s'il n'a pas fait le voyage exprès, dès qu'il a été mis au courant par je ne sais qui. Il a marché vers la penderie, alors que Jessie jurait ses grands dieux, et il a jeté sur le lit ma robe de chambre et mon pyjama.

Ils y étaient encore. Une robe de chambre presque neuve, à ramages, et un pyjama de soie crème marqué d'initiales en rouge sombre.

— Tranquillement, pendant qu'elle sanglotait, c'est lui qui a fait un tri de ses affaires. Il ne lui a permis d'emporter que ce qu'elle possédait déjà il y a trois ans, quand elle est revenue de Panama. Tu connais Jessie...

C'était la seconde fois qu'il répétait cette petite phrase-là. Pourquoi Combe, lui aussi, avait-il maintenant l'impression de connaître Jessie? Non seulement Jessie, mais Kay, qui lui devenait soudain tellement compréhensible qu'il se moquait de lui-même.

— Tu connais Jessie. Elle ne pouvait pas se résigner à abandonner certaines robes, certains petits objets, et elle disait :

» — *Je te jure, Ronald, que ça, c'est moi qui l'ai acheté avec mon argent.* »

Est-ce que Enrico aurait malgré tout un certain sens de l'humour ?

— Je me demande comment elle parvient à me raconter tout cela dans sa lettre. Elle me dit qu'il ne la lâche pas un seul instant, qu'il est sans cesse sur ses talons, qu'il surveille toutes ses allées et venues, épiant jusqu'à ses regards, et elle est arrivée à m'écrire six pages, certaines au crayon, où elle me parle un peu de tout. Il y a quelques mots pour toi aussi. Elle te dit de garder ce qu'elle n'a pas pu emporter et de t'en servir si tu en as besoin.

— Merci, Enrico, mais ce n'est pas possible.

— L'appartement est payé jusqu'à la fin du mois. Je ne sais pas encore ce que je ferai de ce que j'ai ici car, naturellement, il m'est difficile de l'emporter chez moi. Si tu veux que je te laisse la clef... Il faut, d'ailleurs, que je te la laisse, car je suis obligé de m'en aller. J'ai vraiment des rendez-vous de toute première importance ce matin. Je suppose que maintenant qu'ils sont en mer Ronald va la laisser un peu tranquille.

— Pauvre Jessie !

Se sentait-il coupable ? Il disait :

— Je me demande ce que j'aurais pu faire. Je n'étais au courant de rien. Justement, ce soir-là, ma femme donnait un grand dîner, et je n'ai pas pu téléphoner. Au revoir, Kay ! Tu n'auras qu'à me renvoyer la clef au bureau.

Il ne savait pas encore très bien sur quel pied

danser avec cet homme qu'il ne connaissait pas et il lui serrait la main avec une chaleur exagérée, éprouvait le besoin d'affirmer, comme si c'eût été une garantie qu'il donnait de la sorte :

— C'est la meilleure amie de Jessie.

-:-

— Qu'est-ce que tu as, François?

— Rien, mon chéri.

C'était sans doute la première fois qu'il l'appelait ainsi sans ironie.

Peut-être, d'avoir découvert un Enrico si petit, la trouvait-il un peu plus petite, elle aussi, mais il n'en était pas désillusionné, au contraire, et il se sentait pour elle une indulgence quasi infinie.

L'autre était parti et il ne restait dans l'appartement qu'un vague relent de son parfum, sa robe de chambre et son pyjama sur le lit, une paire de mules dans le placard ouvert.

— Tu comprends, maintenant? murmurait Kay.

— Mais oui, mon petit, je comprends.

C'était vrai. Il avait bien fait de venir, il la voyait enfin, elle et son entourage, et tous ces hommes, ces Enrico, ces Ronald, ces marins, ces amis qu'elle tutoyait indifféremment, il les voyait à leur taille.

Il ne l'en aimait pas moins. Il l'aimait plus tendrement, au contraire. Mais c'était moins tendu, moins âpre, moins amer. Il n'avait presque plus peur d'elle ni de l'avenir. Peut-être n'en avait-il plus peur du tout et allait-il s'abandonner sans contrainte?

— Assieds-toi, lui demanda-t-elle. Tu prends tant de place dans la pièce.

Est-ce que, pour elle aussi, cette chambre qu'elle avait partagée avec Jessie, n'était pas devenue plus petite? Elle était claire et gaie. Les murs étaient blancs, d'un blanc doux, les deux lits jumeaux recouverts d'une cretonne qui imitait la toile de Jouy et les rideaux, de la même cretonne, laissaient filtrer le soleil.

Il s'assit docilement sur le lit, près de la robe de chambre à ramages.

— J'ai eu raison, n'est-ce pas, de ne rien vouloir emporter de ce qui appartient à Jessie? Tiens! Aimes-tu cette robe?

Une robe du soir, assez simple, qui lui parut jolie et qu'elle tint déployée devant elle avec le geste d'une vendeuse de grand magasin.

— Tu l'as portée souvent?

Mais non, il ne fallait pas qu'elle s'y trompât! Ce n'était pas de la jalousie, cette fois-ci. Il disait cela très gentiment, parce qu'il lui était reconnaissant de lui laisser voir avec tant de naïveté sa coquetterie.

— Deux fois seulement, et, ces deux fois-là, je te jure que personne ne m'a touchée, pas même pour m'embrasser.

— Je te crois.

— C'est vrai?

— Je te crois.

— Voici les souliers qui vont avec. L'or est un peu trop vif, trop voyant à mon goût — tu comprends, il aurait fallu du vieil or, — mais je n'ai rien trouvé d'autre dans mes prix. Cela t'ennuie que je te montre tout ça?

— Mais non.

— Sûr?

— Au contraire. Viens m'embrasser.

Elle hésita, non pour elle, il le comprit, mais par une sorte de respect pour lui. Elle ne fit que se pencher, qu'effleurer ses lèvres de ses lèvres.

— Sais-tu que c'est sur mon lit que tu es assis?

— Et Enrico?

— Il ne passait pas la nuit ici deux fois par mois, quelquefois c'était plus rare encore. Il était obligé chaque fois, pour sa femme, d'inventer un voyage d'affaires. Et c'était compliqué, car elle voulait connaître le nom de l'hôtel où il descendait et elle n'hésitait pas à l'appeler en pleine nuit au téléphone.

— Elle ne savait rien?

— Je pense que si, mais elle faisait semblant de ne pas savoir, elle se défendait à sa manière. Je suis persuadée qu'elle ne l'a jamais aimé, ou qu'elle ne l'aimait plus, ce qui ne l'empêchait pas d'être jalouse. Seulement, si elle l'avait brusqué, il aurait été capable de demander le divorce pour épouser Jessie.

Ce petit bonhomme à la cravate piquée d'une perle? Que c'était bon de pouvoir entendre tout ça, maintenant, et de donner automatiquement aux mots, comme aux choses, leurs justes proportions.

— Il venait souvent le soir. Tous les deux ou trois jours. Il était obligé de repartir vers onze heures et, ces soirs-là, la plupart du temps, j'allais au cinéma afin de les laisser seuls. Tu veux que je te montre le cinéma, tout près d'ici, où il m'est arrivé d'aller voir trois fois le même film faute de courage pour prendre le *subway*?

— Tu n'as pas envie de passer ta robe?

— Comment le sais-tu?

Elle la tenait toujours à la main. D'un mouvement preste, qu'elle n'avait jamais eu devant lui, elle se débarrassait de sa robe noire de tous les jours et il avait l'impression de la voir pour la première fois dans son intimité. N'était-ce pas vraiment la première fois qu'il la contemplait en déshabillé?

Il y avait mieux : il se rendait compte qu'il n'avait pas encore été curieux de son corps. Leurs chairs s'étaient sauvagement meurtries, ils avaient roulé tous les deux, cette nuit encore, dans des abîmes, et pourtant il n'aurait pas pu dire comment elle était faite.

— Il faut que je change de combinaison aussi?

— De tout, chérie.

— Va pousser le verrou.

C'était presque un jeu, un jeu extrêmement savoureux. C'était la troisième chambre où ils étaient ensemble et, dans chacune, il découvrait non seulement une Kay différente, mais de nouvelles raisons pour l'aimer, une nouvelle façon de l'aimer.

Il reprit place au bord du lit et il la regardait, nue, le corps très blanc, à peine doré par le soleil qui traversait les rideaux, fouillant dans des tiroirs pleins de linge.

— Je me demande comment je vais faire pour ce qui est au blanchissage. Ils vont le rapporter ici et il n'y aura personne. Il faudrait peut-être que nous y passions. Cela ne t'ennuie pas?

Elle n'avait pas dit « que j'y passe » mais « que nous y passions » comme si, désormais, ils ne devaient plus se quitter un seul instant.

— Jessie avait du beaucoup plus joli linge que moi. Regarde celui-ci.

Elle froissait la soie dans sa main, la lui mettait sous les yeux, le forçait à tâter.

— Elle est mieux faite que moi, aussi. Tu veux que je mette ce linge-ci? Il n'est pas trop rose à ton goût? J'ai encore une parure noire, tiens. J'avais toujours eu envie d'une parure noire et j'ai fini par me l'acheter. Je n'ai jamais osé la porter. Il me semble que cela fait tellement poule...

Un coup de peigne. Sa main trouvait tout naturellement le peigne, sans qu'elle ait besoin de chercher. Ce miroir, il était à la place exacte où il devait être. Elle tenait une épingle entre ses dents.

— Tu veux m'agrafer derrière?

C'était la première fois. C'était inouï le nombre de choses qu'ils faisaient ce matin-là pour la première fois, y compris, pour lui, de l'embrasser délicatement dans le cou, sans gourmandise, de respirer les petits cheveux de la nuque, puis d'aller sagement se rasseoir au pied du lit.

— Elle est jolie?

— Très jolie.

— Je l'ai achetée dans la 52e Rue. C'était très cher, tu sais. Tout au moins pour moi.

Elle l'enveloppa d'un regard mendiant :

— Tu veux qu'une fois nous sortions tous les deux? Je mettrai cette robe et tu t'habilleras...

Sans transition, au moment où il s'y attendait le moins, ou peut-être elle s'y attendait le moins elle-même, de grosses larmes lui gonflèrent les paupières, alors que le sourire n'avait pas eu le temps de s'effacer de son visage.

Elle détourna la tête, elle dit :

— Tu ne m'as jamais demandé ce que je faisais.

Elle était toujours en robe du soir, avec ses pieds nus dans ses petits souliers dorés.

— Et moi, je n'osais pas t'en parler, parce que cela m'humiliait. J'ai préféré, bêtement, te laisser penser des tas de choses. Il y avait même des moments où je le faisais exprès.

— Exprès de quoi?

— Tu le sais bien! Quand j'ai connu Jessie, je travaillais dans le même building qu'elle. C'est comme ça que nous nous sommes rencontrées. Nous mangions dans le même *drugstore*, je te le montrerai aussi, à un coin de Madison Avenue. On m'avait prise pour des traductions, parce que je parle plusieurs langues.

» Seulement, il y a quelque chose que tu ne sais pas, quelque chose de très ridicule. Je t'ai un tout petit peu parlé de ma vie avec ma mère. Quand elle a commencé à être connue comme virtuose et que nous nous sommes mises à voyager, car elle ne voulait pas se séparer de moi, j'ai à peu près cessé d'aller à l'école.

» Je suivais des cours par-ci par-là, au hasard des tournées, mais je t'avoue que je n'apprenais presque rien.

» Surtout, ne ris pas de moi. Il y a une chose que je n'ai jamais apprise : c'est l'orthographe, et Larski me répétait souvent, d'une voix froide qui m'humilie encore, que j'écrivais comme une bonniche.

» Tu comprends, maintenant? Dégrafe ma robe, oui? »

Ce fut elle qui vint se pencher près de lui et lui offrit son dos, tout blanc, laiteux, un peu maigre, dans l'entrebâillement noir de la robe.

Comme il la caressait, elle pria :

— Non, pas tout de suite, veux-tu? J'aimerais tant te parler encore un peu !

Elle restait en culotte, en soutien-gorge, allait chercher son étui à cigarettes et son briquet, s'asseyait sur le lit de Jessie, les jambes croisées sous elle, un cendrier à portée de la main.

— On m'a fait passer à un autre service, celui des circulaires. C'était tout au fond des bureaux, une pièce sans air, où l'on ne voyait jamais le jour et où nous étions trois à envoyer des circulaires du matin au soir. Les deux autres étaient des petites brutes. Il n'y avait pas moyen d'échanger deux mots avec elles. Elles me détestaient. Nous portions des blouses de coton écru, à cause de la colle qui est salissante. Je tenais à ce que ma blouse soit toujours propre. Mais je t'ennuie. C'est ridicule, n'est-ce pas?

— Au contraire.

— Tu dis ça... Tant pis !... Chaque matin, je trouvais ma blouse avec de nouvelles taches de colle. Elles en mettaient même à l'intérieur pour que je salisse ma robe. Une fois, je me suis battue avec une des deux, une petite Irlandaise trapue à la face de Kalmouk. Elle était plus forte que moi. Elle s'est arrangée pour me déchirer une paire de bas toute neuve.

Il disait avec un attendrissement très profond et très léger tout ensemble :

— Ma pauvre Kay.

— Tu crois peut-être que je voulais jouer Mme la secrétaire d'ambassade? Ce n'est pas vrai, je te jure. Si Jessie était ici, elle pourrait te dire...

— Mais je te crois, mon chéri.

— J'avoue que je n'ai pas eu le courage de rester. A cause des deux filles, tu comprends? Je pensais que je trouverais facilement un *job*. Je suis restée trois semaines sans rien faire et c'est alors que Jessie m'a proposé de coucher chez elle, parce que je ne pouvais plus payer ma chambre. Elle habitait le Bronx, je te l'ai dit. Une espèce de grande caserne triste, avec des escaliers en fer le long de la façade de briques noires. La maison sentait le chou du bas en haut, je ne sais pas pourquoi. Pendant des mois, nous avons vécu avec un arrière-goût de chou au fond de la gorge.

« J'avais fini par trouver une place dans un cinéma de Broadway. Tu te souviens? Quand tu me parlais hier de cinéma... »

Ses yeux s'humectaient à nouveau.

— Je plaçais les gens. Cela n'a l'air de rien, n'est-ce pas? Je sais bien que je ne suis pas particulièrement forte, puisque j'ai dû passer près de deux ans en sana. Mais les autres étaient comme moi. Le soir, nous avions les reins comme vidés. D'autres fois, de nous faufiler sans fin dans la foule, pendant des heures et des heures, avec cette musique agaçante, ces voix démesurément grossies, qui ont l'air de sortir des murs, c'était dans la tête que le vertige nous prenait.

» Plus de vingt fois, j'en ai vu qui s'évanouissaient. Il valait mieux que cela n'arrivât pas dans la salle, car on était renvoyée immédiatement.

» Cela fait mauvais effet, tu comprends?

» Je t'ennuie?

— Non. Viens ici.

Elle se rapprocha, mais ils restaient chacun sur un des lits jumeaux. Il lui caressait doucement la chair, s'étonnait de lui trouver la peau si douce. Il découvrait, entre la culotte et le soutien-gorge, des lignes qu'il ne connaissait pas, des ombres qui l'attendrissaient.

— J'ai été très malade. Une fois, il y a quatre mois, je suis restée sept semaines à l'hôpital et il n'y avait que Jessie à venir me voir. On prétendait m'envoyer à nouveau en sana. Je n'ai pas voulu. Jessie m'a suppliée de rester quelque temps sans travailler. Quand tu m'as rencontrée, il y avait une semaine à peu près que je cherchais un nouveau *job*...

Elle sourit bravement.

— J'en trouverai un!

Et, sans transition :

— Tu ne veux pas boire quelque chose? Il doit y avoir une bouteille de whisky dans l'armoire. A moins que Ronald l'ait bue, ce qui m'étonnerait de lui.

Elle revenait en effet de la pièce voisine avec une bouteille où il restait un fond d'alcool. Puis elle alla au frigidaire. Il ne la voyait pas. Il l'entendait s'exclamer :

— Qu'est-ce qu'il y a?

— Tu vas rire. Ronald a même pensé à débrancher le frigidaire! Tu comprends? Car ce n'est pas Enrico qui, hier, aura eu cette idée-là. C'est du Ronald tout pur. Tu as entendu ce que Jessie a écrit. Il ne s'est pas emporté. Il n'a rien dit. C'est lui qui a trié ses affaires. Et remarque qu'il ne les a pas laissées traîner un peu partout, comme un autre l'aurait fait dans un moment pareil. Lorsque nous sommes arrivés, tout était en ordre, mes robes à leur place. Tout, sauf une robe de chambre et le pyjama d'Enrico. Tu ne trouves pas ça drôle, toi?

Non. Il ne trouvait rien. Il était heureux. D'une sorte toute nouvelle de bonheur. Si, la veille, ou même le matin, on lui avait dit qu'il s'attarderait paresseusement, voluptueusement dans cette chambre, il ne l'aurait pas cru. Il restait étendu dans un rayon trouble de soleil, sur ce lit qui avait été celui de Kay, les mains nouées derrière la tête, et il s'imprégnait tout doucement de l'atmosphère, il notait des détails, à petits coups, comme un peintre qui travaille à un tableau léché.

Il en faisait autant avec Kay, dont il complétait sans fièvre, sans hâte, le personnage.

Il faudrait, tout à l'heure, quand il aurait le courage de se lever, qu'il aille jeter un coup d'œil dans la cuisinette, et même dans ce frigidaire dont on venait de lui parler, car il était curieux des petites choses qui pouvaient y traîner.

Il y avait des portraits sur les meubles, des portraits qui, sans doute, appartenaient à Jessie, entre autres une vieille dame fort digne qui devait être sa mère.

Il questionnerait Kay sur tout cela. Elle pouvait parler sans crainte de le lasser.

— Bois.

Et elle but, après lui, dans le même verre.

— Tu vois, François, que ce n'est pas bien reluisant et que tu avais tort...

Tort de quoi? La phrase était vague. Et pourtant il la comprenait.

— Vois-tu, maintenant que je t'ai connu...

Très bas, si bas qu'il dut deviner les mots :

— Recule un tout petit peu, veux-tu?

Et elle se glissa contre lui. Elle était presque nue et il était tout vêtu, mais elle n'y prenait pas garde et leur étreinte n'en était pas moins intime.

Les lèvres presque dans son oreille, elle chuchotait encore :

— Tu sais, ici, il n'y a jamais rien eu. Je le jure.

Il était sans passion, sans désir physique. Il lui aurait fallu remonter loin dans le temps, peut-être jusqu'à son enfance, pour retrouver une sensation aussi douce et aussi pure que celle qui le baignait.

Il la caressait et ce n'était pas de la chair qu'il caressait, c'était elle tout entière, c'était une Kay qu'il avait l'impression d'absorber peu à peu en même temps qu'il s'absorbait en elle.

Ils restèrent longtemps ainsi, immobiles, sans rien dire, et tout le temps que leurs êtres furent mélangés ils gardèrent les yeux mi-clos, chacun voyait, tout près des siennes, les prunelles de l'autre et y lisait un inoubliable ravissement.

Pour la première fois aussi, il ne s'inquiéta pas des suites possibles de leur acte et il vit que les prunelles s'agrandissaient, que les lèvres s'entrouvraient, il sentit un léger souffle contre sa bouche et il entendit une voix qui disait :

— Merci.

Leurs corps pouvaient se dénouer. Ils n'avaient pas à craindre, cette fois, les rancœurs qui suivent la passion. Ils pouvaient rester l'un devant l'autre, sans pudeur, sans arrière-pensée.

Une merveilleuse lassitude les faisait aller et venir comme au ralenti dans tout ce doré que le soleil semblait créer exprès pour eux.

— Où vas-tu, François?

— Voir dans le frigidaire.

— Tu as faim?

— Non.

Est-ce qu'il n'y avait pas une demi-heure, et davantage, qu'il se promettait d'aller jeter un coup d'œil dans la cuisinette? Elle était nette, ripolinée de frais. Dans le frigidaire, il restait un morceau de viande froide, des pamplemousses, des citrons, quelques tomates trop mûres et du beurre dans un papier sulfuré.

Il mangea la viande froide, comme ça, avec les doigts, et il avait l'air d'un gamin qui croque une pomme chipée dans un pré.

Il mangeait toujours en rejoignant Kay dans la salle de bains, et Kay remarquait :

— Tu vois bien que tu avais faim.

Mais il s'obstinait, têtu, sans cesser de sourire ni de mastiquer :

— Non.

Puis il éclata de rire parce qu'elle ne comprenait pas.

7

C'ETAIT le surlendemain. Il était allé à la radio pour son émission, un rôle de Français encore, assez ridicule. Hourvitch, ce jour-là, ne lui avait pas serré la main. Il s'était montré très metteur en scène, très grand patron, les manches de chemise retroussées, ses cheveux roux au vent, sa secrétaire courant derrière lui avec un bloc de sténo à la main.

— Qu'est-ce que vous voulez que je vous dise, mon vieux! Ayez au moins le téléphone. Donnez votre numéro à mes services. Il est inconcevable qu'il existe encore à New York des gens sans téléphone.

Ce n'était rien. Il était resté calme, serein. Il avait quitté Kay pour la première fois depuis... au fait, depuis combien de jours? Sept? Huit? Les chiffres étaient ridicules, saugrenus, car cela faisait de toute façon une éternité.

Il avait insisté pour l'emmener avec lui, quitte à la laisser attendre dans l'antichambre.

— Non, mon chéri, tu peux aller, *maintenant*.

Il se souvenait si bien du *maintenant* qui les avait fait rire tous les deux et qui, pour eux, signifiait tant de choses !

Cependant, il la trahissait déjà, il avait, en tout cas, conscience de la trahir. De la 66ᵉ Rue, il aurait dû prendre l'autobus au coin de la 6ᵉ Avenue, et au lieu de cela, il se mettait à descendre celle-ci à pied dans le soir qui tombait. Il avait promis :

— Je serai rentré à six heures.

— Cela n'a pas d'importance, François. Rentre quand tu voudras.

Pourquoi s'était-il obstiné à répéter, alors qu'on ne lui demandait rien, au contraire :

— A six heures au plus tard.

Alors qu'à six heures, à quelques minutes près, il pénétrait au bar du *Ritz* ! Il savait d'avance ce qu'il venait y chercher et il n'en était pas fier. Tous les soirs, à cette heure-ci, Laugier s'y trouvait, avec quelques Français, la plupart du temps, établis à New York ou de passage, ou avec des internationaux.

C'était un peu l'atmosphère du *Fouquet's* et, quand il était arrivé aux Etats-Unis, quand on ne savait pas encore qu'il avait l'intention d'y rester et surtout d'y gagner sa vie, les journalistes étaient venus l'y photographier.

Aurait-il pu dire au juste ce qu'il voulait ce jour-là? C'était peut-être, en définitive, un besoin de trahir, de donner libre cours à un tas de choses mauvaises qui fermentaient en lui, de se venger de Kay.

Mais se venger de quoi? Des jours et des nuits qu'ils avaient passés ensemble dans une solitude qu'il voulait toujours plus absolue et plus farouche, jusqu'à faire le marché avec elle les derniers matins, jusqu'à mettre la table, jusqu'à lui faire couler l'eau de son bain, jusqu'à... Il avait tout fait, tout cherché, volontairement, de ce qui peut créer une intimité absolue entre deux êtres, annihiler jusqu'aux plus élémentaires pudeurs qui subsistent entre gens du même sexe et jusque dans la promiscuité de la caserne.

Il l'avait voulu farouchement, rageusement. Pourquoi, alors qu'elle l'attendait, alors que c'était lui qui avait exigé qu'elle l'attendît, pénétrait-il au *Ritz* au lieu de sauter dans un taxi ou dans un autobus?

— Hello ! Salut, mon petit père.

Ce n'était pourtant pas cette familiarité facile et qu'il avait toujours eue en horreur qu'il venait chercher. Etait-il ici pour s'assurer que le fil n'était pas trop tendu, qu'il gardait encore une certaine liberté de mouvement, ou pour se faire croire qu'il restait malgré tout François Combe?

Ils étaient quatre, peut-être six ou huit autour des deux guéridons. A cause de cette familiarité à fleur de peau, justement, on ne savait plus quels étaient les amis de toujours et les gens qu'on rencontrait pour la première fois, pas plus qu'on ne savait qui payait les tournées, ni comment les clients retrouvaient leur chapeau, au départ, parmi les chapeaux en équilibre les uns sur les autres au portemanteau.

— Je te présente...

Une femme, une Américaine, jolie, une cigarette marquée de rouge, des attitudes de première page de magazine.

Il entendait répéter de temps en temps, lors des présentations :

— Un de nos plus sympathiques acteurs français que vous connaissez certainement, François Combe...

Et il y avait un Français à tête de rat, un industriel ou un financier marron — il ne savait pas pourquoi il ne l'aimait pas — qui le dévorait des yeux.

— J'ai eu le plaisir de rencontrer votre femme il y a six semaines à peine. Attendez. C'était à un gala du *Lido* et j'ai d'ailleurs, dans ma poche...

Un journal français qui venait d'arriver à New York. Il y avait des mois que Combe n'achetait plus de journaux français. La photographie de sa femme s'étalait en première page.

Marie Clairois, la gracieuse et émouvante vedette de...

Il n'était pas nerveux. C'était Laugier qui se trompait en lançant vers lui des coups d'œil apaisants. Pas nerveux du tout. La preuve, c'est que, quand les gens furent enfin partis, après un certain nombre d'apéritifs, quand il se trouva seul en tête à tête avec son ami, ce fut de Kay, et d'elle seule, qu'il parla.

— Je voudrais que tu me rendes un service, que tu me trouves un job pour une jeune fille que je connais.

— Quel âge, la jeune fille?

— Je ne sais pas au juste. Entre trente et trente-trois ans.

— A cet âge-là, mon petit vieux, à New York, cela ne s'appelle plus une jeune fille.

— Ce qui signifie?

— Qu'elle a joué sa chance. Je te demande pardon de te dire ça crûment, parce que je crois deviner. Jolie?

— Cela dépend du point de vue auquel on se place.

— On dit toujours ça. Elle a débuté comme *showgirl*, il y a quatorze ou quinze ans, n'est-ce pas? Elle a décroché la timbale et elle l'a laissée tomber...

Il se renfrogna, silencieux, et Laugier en eut peut-être pitié, mais il ne pouvait pas voir le monde autrement qu'avec les yeux de Laugier.

— Qu'est-ce qu'elle sait faire, ta pucelle?

— Rien.

— Te fâche pas, petit. Ce que je t'en dis, c'est pour toi autant que pour elle. Ici, vois-tu, on n'a pas le temps de jouer à cache-cache. Je te demande sérieusement ce qu'elle sait faire.

— Et je te réponds sérieusement : rien.

— Est-elle capable de devenir secrétaire, téléphoniste, mannequin, je ne sais pas, moi?

Combe avait eu tort. C'était sa faute. Il payait déjà le prix de sa petite trahison.

— Ecoute, mon petit père... Barman! La même chose...

— Pas pour moi.

— Ta gueule! J'ai à te parler, simplement, entre quatre yeux. Tu comprends? Si tu crois que je ne t'ai pas repéré tout à l'heure, quand tu es entré avec ta tête d'enterrement! Et la dernière fois qu'on s'est vus, en sortant de chez Hourvitch... Ta rengaine... Tu ne vas pas t'imaginer que je n'ai pas pigé, dis?... Alors?... La souris a dans les trente à trente-trois piges, ce qui signifie trente-cinq en bon français... Et tu veux que je te donne un bon conseil, que tu t'empresseras de ne pas suivre... Le conseil le voilà, tout cru :

» Laisse tomber, vieux frère!

» Et, puisque c'est comme si je n'avais rien dit, j'ajoute : Où en êtes-vous tous les deux? »

Il répondit, stupide, furieux contre lui-même,

furieux de se sentir petit en face d'un Laugier qu'il avait conscience de dépasser de cent coudées :

— Nulle part.

— Alors, pourquoi te tracasses-tu? Pas de frère, pas de mari, pas d'amant de cœur pour te faire chanter? Pas d'enlèvement, de constat, je ne sais pas, moi, aucune de ces machines avec lesquelles, en Amérique, on parvient à embêter un homme? J'espère que tu n'as pas eu la fâcheuse idée de l'emmener coucher à l'hôtel, dans un Etat voisin, ce qui pourrait devenir un crime fédéral et te coûter cher...

Quelle lâcheté l'empêchait de se lever et de s'en aller? Les quelques manhattans qu'il venait de boire? Mais alors, si leur amour était à la merci de quatre ou cinq cocktails...

— Tu ne veux pas parler sérieusement?

— Mais c'est que je parle sérieusement, mon petit vieux. Ou plutôt je plaisante, mais c'est quand je plaisante que je suis le plus sérieux. Ta souris de trente-trois ans qui n'a pas de métier, pas de *job*, pas de compte en banque, elle est foutue, tu comprends? Je n'ai même pas besoin de te conduire au *Waldorf* pour t'en faire la démonstration. Nous sommes dans le bar des hommes. Mais passe à côté, franchis la porte, traverse le couloir et tu trouveras cinquante filles, toutes plus belles les unes que les autres, entre dix-huit et vingt ans, quelques-unes vierges par surcroît, qui sont dans le même cas que ta rombière. Et tout à l'heure, pourtant, il y en aura quarante-huit qui iront coucher, Dieu sait où, avec mille dollars de frusques et de bijoux sur le corps, après avoir avalé un sandwich au *kitchup* dans une *cafetaria*. Est-ce que tu es venu ici pour travailler, oui ou non?

— Je n'en sais rien.

— Alors, si tu n'en sais rien, retourne en France

et signe tout de suite le premier contrat qu'on t'offrira à la Porte-Saint-Martin ou à la Renaissance. Je sais que tu n'en feras qu'à ta tête et que tu m'en voudras, que tu m'en veux déjà, mais tu n'es pas le premier copain que je vois arriver et à qui je vois faire ensuite le plongeon.

» Tu es décidé à tenir ferme la barre? Alors, bon!

» Tu préfères jouer Roméo et Juliette?

» Dans ce cas, *good night*, mon vieux. Barman!

— Non. C'est moi qui...

— Je t'ai assez engueulé pour avoir le droit de payer les consommations. Qu'est-ce qu'elle t'a raconté, la petite? Une divorcée, bien entendu. A cet âge-là, ici, elles sont toutes divorcées au moins une fois.

Pourquoi, précisément, Kay était-elle divorcée?

— Elle a roulé sa bosse un peu partout, hein? Elle cherche à jeter l'ancre.

— Tu te trompes, je t'assure.

Il sacrifiait tout respect humain, car il ne se sentait pas la force de trahir Kay davantage.

— Tu sais nager?

— Un peu.

— Bon. Un peu. Autrement dit, de quoi t'en tirer si tu tombais dans une eau tranquille et pas trop froide. Mais si tu devais en sortir en même temps un énergumène qui se débat et qui se raccroche à toi de toutes ses forces? Allons! Réponds...

Il fit signe de remplir les verres.

— Eh bien! mon vieux, elle se débattra, crois ce que je te dis. Et vous coulerez à pic tous les deux. Avant-hier, quand tu m'as quitté, je n'ai pas voulu t'en parler, parce que tu avais une tête à te brouiller avec les gens pour un oui ou pour un non. Aujourd'hui, tu es déjà plus raisonnable.

Combe en fut contrit et se mordit les lèvres.

— Quand je t'ai vu aller mettre religieusement ton sou dans la fente à musique, vois-tu !... Et attendre le déclenchement du disque, avec un regard pâmé de midinette en mal de jeune premier... Non, mon vieux, pas toi, pas nous qui vivons de ce business-là et qui savons comment c'est fait ! Ou alors, laisse-moi te le répéter une dernière fois, comme à un vieux copain qu'on aime bien : tu es foutu, François.

On venait de lui rendre sa monnaie. Il la ramassa, vida son verre, calcula le pourboire et se leva.

— De quel côté vas-tu ?

— Je rentre chez moi.

— Et c'est chez toi, au diable, où tu n'as même pas le téléphone, que tu espères que les producteurs iront te chercher ?

Ils sortaient l'un derrière l'autre, restaient debout sur le trottoir de Madison Avenue, tandis que le portier attendait un signe pour leur ouvrir la portière d'un taxi.

— Vois-tu, mon petit frère, chez nous, on ne joue sa chance qu'une fois. Ici, on la joue deux fois, trois fois. Mais il ne faut pas trop tirer sur la ficelle. Je te montrerai des poules qui ont débuté comme *showgirls* ou comme dactylos à seize ans, qui roulaient en *Rolls* à dix-huit, qui grimpaient à nouveau sur les planches, dans la figuration, à vingt-deux, et qui recommençaient à zéro. J'en connais qui ont fait le coup deux fois, trois fois, qui ont repris le *business* après avoir eu leur hôtel dans Park Avenue et leur yacht en Floride, et qui ont réussi à se faire épouser à nouveau.

» Est-ce qu'elle a seulement des bijoux ? »

Il ne daigna pas répondre. Qu'est-ce qu'il aurait répondu ?

— Si tu veux croire ma petite expérience, c'est une place d'ouvreuse dans un cinéma qu'il faut chercher. Et encore ! Avec des protections ! Tu m'en veux beaucoup? Tant pis. Tant mieux. On en veut toujours pendant un moment au toubib qui vient de vous tailler dans la viande. Tu vaux mieux que cela, vieille branche, et quand tu t'en rendras compte, tu seras déjà guéri. *Bye bye...*

Combe devait avoir trop bu. Il ne s'en était pas aperçu, à cause du rythme accéléré des tournées, du vacarme qui régnait dans le bar, de l'attente anxieuse de son tête-à-tête avec Laugier, dans laquelle il était resté si longtemps.

Il revoyait la photographie de sa femme, en première page du journal parisien, ses cheveux flous, sa tête un peu trop grosse pour ses épaules.

C'était cela, prétendaient les cinéastes, qui lui donnait l'air tellement jeune fille, et aussi qu'elle n'avait jamais eu de hanches.

Ne pouvait-il pas croire que Laugier avait le don de seconde vue ou qu'il était au courant?

— *Ouvreuse dans un cinéma*, avait-il dit. *Et encore!*

Et encore, en effet, puisqu'elle n'avait pas assez de santé pour ce métier-là!

— *On joue sa chance deux fois, trois fois...*

Alors, soudain, tandis qu'il marchait tout seul dans la lumière qui tombait obliquement des vitrines sur le trottoir, il eut comme une révélation. *Kay avait joué, Kay jouait avec lui sa dernière chance!* Il était survenu à la minute ultime. Un quart d'heure de retard, simplement un peu d'inattention quand il avait pénétré dans le bar à saucisses — le fait de choisir un autre tabouret, par exemple, — et peut-être qu'un des matelots ivres, n'importe qui...

Il la chérit, tout à coup, par réaction contre sa lâcheté. Il avait besoin d'aller vite la rassurer, lui affirmer que tous les Laugier de la terre, avec leur expérience facile et hautaine, ne prévaudraient pas contre leur tendresse.

Il était à moitié ivre, il s'en rendit mieux compte en heurtant un passant et en lui adressant un coup de chapeau ridicule en guise d'excuses.

Mais il était sincère. Les autres, les Laugier, cet homme à tête de rat, avec qui il avait bu les premiers apéritifs et qui était parti triomphalement avec la jeune Américaine, tous ces gens-là, tous ceux du *Ritz*, tous ceux du *Fouquet's*, c'étaient des peigne-culs...

Ce mot-là, qu'il venait de retrouver au fond de sa mémoire, lui causait un plaisir extrême, au point de le répéter à voix haute en marchant.

— Ce sont des peigne-culs...

Il s'acharnait sur eux.

— Des peigne-culs et rien d'autre. Je leur montrerai...

Il leur montrerait quoi? Il n'en savait rien. Cela n'avait pas d'importance.

Il leur montrerait...

Et il n'aurait plus besoin ni des Laugier, ni des Hourvitch — qui ne lui avait pas serré la main et qui avait à peine paru le reconnaître — ni de personne...

— Des peigne-culs !

Sa femme aussi, qui n'avait pas à jouer sa chance deux ou trois fois, qui l'avait jouée une seule, qui ne s'était même pas contentée de ce qu'elle avait décroché, mais qui se servait de lui, à présent, pour faire la carrière d'un gigolo !

Car c'était la vérité. Quand il l'avait fait monter, elle, sur les planches, elle n'existait pas, elle en était encore à jouer les soubrettes, à ouvrir la porte d'un air gauche et à balbutier en tremblant :

— Madame la Comtesse est servie...

Elle était devenue Marie Clairois. Jusqu'au nom qui était de lui, qu'il avait créé de toutes pièces ! En réalité, elle s'appelait Thérèse Bourcicault, et son père vendait des souliers dans une petite ville du Jura, sur la place du marché. Il se souvenait du soir où il lui avait expliqué, à la *Crémaillère*, avenue de Clichy, devant une nappe à petits carreaux et un homard à l'américaine :

— Marie, vois-tu, c'est tellement français... Non seulement français, mais universel... A cause de sa banalité, parce que personne, sauf les bonnes, n'ose plus s'appeler Marie, cela devient original... Marie...

Elle lui demandait de répéter le prénom.

— Marie...

— Et maintenant, Clairois... Il y a *clair*... Il y a *clairon*, en un peu atténué... Il y a...

Tonnerre de Dieu ! A quoi allait-il penser ? Il s'en foutait de la Clairois et de son gigolo, qui allait se faire un nom uniquement parce qu'il l'avait cocufié, lui, Combe !

Et l'autre, l'idiot satisfait et condescendant qui lui parlait de la « souris », de ses trente-deux ou trente-trois ans, des bijoux qu'elle ne possédait pas et d'une bonne petite place d'ouvreuse !

Si elle avait des protections !

Une autre fois, à quinze jours de là, avant Kay, Laugier lui avait demandé avec cette suffisance d'un monsieur qui se prendrait pour Dieu le Père :

— Combien de temps peux-tu tenir, mon petit gars ?

— Cela dépend de ce que tu veux dire.

— Avec des complets passés au *pressing* chaque jour et du linge impeccable, et assez d'argent en poche pour offrir l'apéritif et pour prendre des taxis...

— Cinq mois, six mois peut-être. Lorsque mon fils est né, j'ai contracté une assurance dont on ne devrait lui verser le capital qu'à dix-huit ans, mais je peux demander, en y perdant un peu...

Laugier s'en foutait, de son fils.

— Cinq à six mois, bon ! Loge où tu veux, dans

un taudis s'il le faut, mais aie au moins un numéro de téléphone.

N'est-ce pas ce que Hourvitch lui avait répété aujourd'hui? Est-ce qu'il allait se laisser troubler par cette coïncidence? Il aurait pu, il aurait dû attendre un autobus. A cette heure, il n'en avait pas pour longtemps. Et quelques minutes de plus ou de moins ne changeraient guère à l'inquiétude de Kay.

De Kay...

Quelle différence entre la résonance de ce mot-là, maintenant, et la résonance du même mot deux heures, trois heures plus tôt encore, le matin, à midi, quand ils faisaient la dînette face à face, et qu'ils s'amusaient de la tête du petit tailleur juif à qui Kay avait tenu à faire porter, sans dire de la part de qui, un magnifique homard.

Ils étaient tellement heureux! Le mot Kay prononcé n'importe comment, lui donnait tant d'apaisement!

Il avait lancé son adresse à un chauffeur. Il lui semblait que le ciel était noir, menaçant, au-dessus des rues. Il s'enfonçait, maussade, dans les coussins. Il en voulait à Laugier, à la tête de rat, au monde entier, il n'était pas sûr de ne pas en vouloir à Kay et, soudain, au moment où le taxi s'arrêtait, alors qu'il n'avait pas eu le temps de se composer un visage, de s'habituer à son approche, d'être à nouveau l'homme de leur amour, c'était elle qu'il trouvait, hagarde, au bord du trottoir, et qui haletait.

— Enfin, François!... Viens vite... Michèle...

Puis, sans transition, tant elle était bouleversée, elle se mettait à parler en allemand.

-:-

L'atmosphère de la chambre était lourde et, chaque fois qu'il remontait de la rue, Combe avait l'impression qu'il faisait plus sombre, bien que les lampes fussent les mêmes que d'habitude.

Il descendit et remonta trois fois. La troisième fois, il était près de minuit et son pardessus dégoulinait d'eau, il avait le visage froid et détrempé, car la pluie s'était mise tout à coup à tomber avec violence.

C'était encore le téléphone, ce fameux téléphone, dont il avait tant été question ce jour-là, qui continuait à le poursuivre. Kay, elle-même, avait dit avec humeur, mais aujourd'hui elle n'était pas responsable de ses nerfs :

— Comment se fait-il que tu n'aies pas le téléphone?

Enrico s'était dérangé en personne, vers la fin de l'après-midi, pour apporter le télégramme. Encore une coïncidence, car il était arrivé à peu près au moment où Combe entrait au bar du *Ritz* avec un sentiment de culpabilité. S'il était rentré tout de suite, comme il l'avait tant promis...

Il n'était pas jaloux du Sud-Américain, cette fois. Et pourtant Kay avait pleuré devant lui, peut-être sur son épaule, et sans doute lui avait-il prodigué des consolations?

Une autre coïncidence encore. La veille, comme ils faisaient des courses dans le quartier, Kay avait dit soudain :

— Il serait peut-être bon que je donne ma nouvelle adresse à la poste. Ce n'est pas que je reçoive beaucoup de courrier, tu sais...

Car elle essayait toujours de lui éviter le moindre pincement de jalousie.

Elle avait ajouté :

— J'aurais dû la donner aussi à Enrico. Si des lettres arrivaient à l'adresse de Jessie...

— Pourquoi ne lui téléphones-tu pas?

Ils ne se doutaient pas, à ce moment-là, que cela

aurait une certaine importance. Ils étaient entrés dans un *drugstore*, comme ils l'avaient déjà fait tous les deux. Il l'avait vue qui parlait, il lui avait vu remuer les lèvres sans entendre ses paroles.

Il n'avait pas été jaloux.

Et Enrico, ce jour-là, était venu pour reprendre ses affaires dans la chambre de Jessie. Il avait trouvé du courrier pour celle-ci et pour Kay. Il y avait aussi un télégramme pour Kay, qui avait déjà vingt-quatre heures de retard.

Comme cela venait de Mexico, il s'était dérangé. Elle était seule dans la chambre, à préparer le dîner. Elle portait un peignoir, le peignoir bleu pâle qui faisait nouvelle mariée.

Michèle gravement malade Mexico. — Stop — Pouvez au besoin toucher argent nécessaire voyage banque du commerce et industrie.

« LARSKI. »

Il ne lui disait pas de venir. Il la laissait libre de la conduite à tenir. Prévoyant qu'elle n'aurait peut-être pas d'argent, il faisait le nécessaire, froidement, correctement.

— Je ne savais même pas qu'il avait fait venir Michèle en Amérique. Sa dernière lettre, il y a quatre mois...

— La dernière lettre de qui?

— De ma fille. Elle ne m'écrit pas souvent, tu sais! Je soupçonne qu'on le lui défend et qu'elle m'écrit en cachette, bien qu'elle ne me l'avoue pas. Sa dernière lettre venait de Hongrie et elle ne me parlait pas de voyage. Qu'est-ce qu'elle peut avoir? Elle avait les poumons solides, elle. Nous l'avons fait examiner, toute petite, déjà, par les plus grands professeurs. Si c'était un accident, François?

Pourquoi avait-il bu tous ces apéritifs? Tout à l'heure, quand il l'avait consolée, il avait eu honte de son haleine, car il était sûr qu'elle avait remarqué qu'il avait bu. Il était lourd. Il était triste. C'était plutôt quelque chose de pesant qui lui était tombé sur les épaules, avant qu'il rentre, déjà, et qu'il ne parvenait pas à secouer.

— Mange, mon pauvre François. Tu iras téléphoner après.

Mais non. Il n'avait pas faim. Il descendait, il entrait chez l'Italien pour téléphoner.

— Tu n'y arriveras pas, tu verras. Il n'y a pas de service aérien de nuit avec le Mexique. Enrico s'en est déjà occupé.

S'il était rentré à temps, le Sud-Américain n'aurait pas eu à s'occuper de ce qui ne le regardait pas.

— Il y a deux avions demain matin, à une heure d'intervalle, mais toutes les places sont louées. Il paraît qu'on les retient trois semaines d'avance.

Il téléphonait, néanmoins, comme si, pour lui, le miracle allait se produire.

Il remontait les mains vides.

— Le premier train est à sept heures trente-deux du matin.

— Je le prendrai.

— Je vais essayer de te retenir une place de *Pullman*.

Et il allait téléphoner à nouveau. Tout était gris. Tout était lourd. Leurs allées et venues avait un caractère grave et comme fantomatique.

On le revoyait de bureau en bureau. Il n'avait pas l'habitude des compagnies de chemin de fer américaines.

La pluie, à présent, une pluie drue, qui crépitait sur les trottoirs, mettait des rigoles d'eau limpide dans le rebord de son chapeau, de sorte qu'en baissant la tête il arrosait le plancher.

C'était ridicule, mais ces petits détails l'affectaient.

— Il est trop tard pour retenir les places. L'employé conseille d'être à la gare une demi-heure avant le départ du train. Il y a toujours des gens qui ont loué d'avance et qui, au dernier moment, ont un empêchement.

— Tu te donnes du mal, François.

Il la regarda attentivement, sans savoir pourquoi, et l'idée l'effleura que ce n'était peut-être pas la pensée de sa fille qui donnait à Kay cet accablement morne. N'était-ce pas plutôt à eux qu'elle pensait, à eux qui allaient, dans quelques heures, se séparer?

Il y avait dans ce télégramme, dans ce vilain bout de papier jaunâtre, comme une fatalité méchante. C'était la suite des discours de Laugier, des pensées que Combe avait roulées ce soir dans sa tête.

A croire qu'il n'y avait vraiment pas d'autre issue, que le Destin se chargeait de remettre les choses en ordre.

Le plus troublant, c'est qu'il en arrivait presque à accepter son verdict et à se résigner.

C'était même ce qui l'abattait le plus, cette veulerie qu'il sentait tout à coup en lui, ce manque absolu de réaction.

Elle faisait sa valise. Elle disait:

— Je ne sais pas comment je m'y prendrai pour l'argent. Quand Enrico est venu, les banques étaient déjà fermées. Je peux attendre un autre train. Il doit y en avoir un dans la journée.

— Le soir seulement.

— Enrico voulait... Ne te fâche pas! Tu sais, en ce moment-ci, tout a si peu d'importance! Il m'a dit que si j'avais besoin de n'importe quelle somme je n'avais qu'à téléphoner chez lui, fût-ce au cours de la nuit. Je ne savais pas si tu...

— Est-ce que tu auras assez avec quatre cents dollars?

— Mais oui, François. Seulement...

Ils n'avaient jamais parlé d'argent ensemble.

— Je t'assure que je peux le faire sans en être gêné.

— Je pourrais peut-être te laisser un papier, je ne sais pas, moi, pour que tu passes demain à la banque et que tu touches à ma place...

— Il sera temps quand tu reviendras.

Ils ne se regardaient pas. Ils n'osaient pas. Ils prononçaient ces mots-là, mais ils étaient incapables d'y croire tout à fait.

— Il faut que tu dormes un peu, Kay.

— Je n'en ai pas le courage.

Une de ces phrases bêtes, qu'on prononce dans de pareils moments.

— Mets-toi au lit.

— Tu crois que cela vaut la peine? Il est presque deux heures du matin. Il faut partir d'ici à six heures, car nous ne trouverons sans doute pas de taxi.

Elle faillit dire, du moins le pensa-t-il :

« S'il y avait eu le téléphone... »

— Si bien que je dois me lever à cinq heures, tu comprends? Tu veux bien que je boive quelque chose?

Elle s'étendit tout habillée. Il se promena encore un peu dans la chambre et finit par venir se coucher à côté d'elle. Ils ne se parlaient pas. Ils ne fermaient pas les yeux. Chacun regardait fixement le plafond.

Il n'avait jamais été aussi triste, aussi sombrement désespéré de sa vie, et c'était un désespoir sans phrases, sans objet précis, un accablement contre lequel il n'y avait rien à faire.

Il chuchota :

— Tu reviendras?

Au lieu de répondre, elle chercha sa main sur le drap et la serra longuement.

— Je voudrais tellement mourir à sa place !

— Il n'est pas question de mourir. Tais-toi.

Il se demandait si elle pleurait. Il lui passa la main sur les yeux et ils étaient secs.

— Tu vas rester tout seul, François. Vois-tu, c'est encore pour toi que cela me fait le plus mal. Demain, quand tu reviendras de la gare...

Une pensée soudaine l'effraya et elle redressa le torse, regarda son compagnon avec des prunelles écarquillées :

— Car tu viendras me conduire à la gare, n'est-ce pas? Il faut que tu viennes! Pardon de te demander ça, mais je crois que, toute seule, je ne pourrais pas. Il faut que je parte, il faut que tu me fasses partir, même si...

Elle se cacha la tête dans l'oreiller et ils ne bougeaient plus ni l'un ni l'autre, chacun restait enfermé dans ses pensées, chacun faisait déjà l'apprentissage de sa nouvelle solitude.

Elle dormit un peu. De son côté, il s'assoupit, mais pour un temps très court, et il se leva le premier pour faire chauffer du café.

Le ciel était encore plus sombre à cinq heures du matin qu'à minuit. Les lampes paraissaient éclairer à peine, et on entendait toujours le crépitement d'une pluie qui ne finirait pas de la journée.

— Il est temps de te lever, Kay.

— Oui...

Il ne l'embrassait pas. Ils ne s'étaient pas embrassés de la nuit, peut-être à cause de Michèle, peut-être parce qu'ils avaient peur de s'attendrir.

— Habille-toi chaudement.

— Je n'ai que ma fourrure.

— Mets au moins une robe de laine.

Et ils trouvaient le moyen de dire des banalités comme :

— Tu sais, dans les trains, il fait généralement très chaud.

Elle buvait son café, mais ne parvenait pas à manger. Il l'aidait à refermer sa valise trop pleine et elle regardait autour d'elle.

— Tu veux bien que je laisse le reste ici?

— Il est l'heure de partir. Viens.

Il n'y avait que deux fenêtres éclairées dans toute la rue : des gens qui prenaient le train aussi, ou des malades?

— Reste un instant sur le seuil, que j'aille voir au coin si je ne trouve pas de taxi.

— Nous allons perdre du temps.

— Si je n'en trouve pas tout de suite, nous prendrons le *subway*. Tu restes là, n'est-ce pas?

C'était idiot. Où serait-elle allée? Et, le col du pardessus relevé, rasant les maisons, penchant le torse, il courait jusqu'au coin de la rue. Il l'atteignait à peine qu'une voix criait derrière lui :

— François!... François!...

C'était Kay qui gesticulait au milieu du trottoir. Un taxi venait de s'arrêter à deux maisons de chez eux, ramenant un couple qui avait passé la nuit dehors.

La relève, en somme. Les uns rentraient, les autres s'en allaient. Kay tenait la portière, parlementait avec le chauffeur pendant que Combe allait chercher la valise sur le seuil.

— A la gare Centrale.

Les banquettes étaient gluantes d'humidité, tout était mouillé autour d'eux et l'air était froid, méchamment. Elle se serra contre lui. Ils continuèrent à se taire. Il n'y avait personne dans les rues. Il se fit même qu'ils ne rencontrèrent pas une seule voiture avant d'atteindre la gare.

— Ne descends pas, François. Rentre à la maison.

Elle avait appuyé sur ce mot, intentionnellement, pour lui donner du courage.

— Il y a encore une heure d'attente.

— Cela fait rien. J'irai au bar prendre quelque chose de chaud. J'essayerai de manger un peu.

Comme elle essayait de sourire ! Le taxi était arrêté et ils ne se décidaient pas à en descendre, à traverser le rideau de pluie qui les séparait de la salle d'attente.

— Reste, François...

Ce n'était pas lâcheté de sa part. Il ne se sentait vraiment pas la force de descendre, de la suivre dans les dédales de la gare, de guetter les soubresauts de l'aiguille de l'horloge monumentale, de vivre leur séparation minute par minute, seconde par seconde, de suivre la foule, au moment où on ouvrirait les grilles, et de voir le train.

Elle se penchait sur lui et il y avait de la pluie sur sa fourrure. Ses lèvres, pourtant, étaient brûlantes. Ils restèrent un moment rivés l'un à l'autre, avec le dos du chauffeur devant eux, et alors il vit de la lumière dans ses prunelles, il l'entendit qui balbutiait comme dans un rêve ou dans le délire :

— Maintenant, je n'ai plus l'impression que c'est un départ, vois-tu... mais une arrivée...

Elle s'arrachait à lui. Elle avait ouvert la portière, fait signe à un nègre qui s'emparait de sa valise. Il reverrait toujours ces trois pas rapides, ce temps d'hésitation, ces hachures de pluie, ce crépitement sur le trottoir.

Elle se retournait, souriante, le visage barbouillé de pâleur. Elle tenait son sac d'une main. Elle n'avait plus qu'un pas à faire pour être happée par la vaste porte vitrée.

Alors, elle agitait l'autre main, sans la lever très haut, sans l'écarter d'elle, un tout petit peu seulement, en remuant plutôt les doigts.

Il la vit encore, à demi effacée par la vitre. Puis elle marcha à pas plus rapides et plus nets sur les talons du nègre, et le chauffeur se retourna enfin pour demander où il fallait le conduire.

Il dut donner son adresse. Il lui arriva même, machinalement, de bourrer sa pipe, parce qu'il avait la bouche pâteuse.

Elle avait dit :

— ... *une arrivée...*

Et il y sentait confusément une promesse.

Mais il n'avait pas encore compris.

8

MA *chère Kay,*

Tu auras été mise au courant par Enrico de ce qui m'est arrivé. Comme tu le sais, donc, Ronald a été très chic, très gentleman; il est resté tout le temps tel que tu le connais et il n'a même pas piqué une de ces rages froides dont il a la spécialité et dont je me demande ce que cela aurait donné dans l'état où j'étais...

Combe n'avait pas fait le plongeon, comme il l'avait cru. C'était un enlisement mollasse de tous les jours, de toutes les heures.

Pendant les premières journées, du moins, avait-il eu à s'agiter avec un semblant de raison. Au cours de l'interminable nuit — qui lui paraissait maintenant si courte — il avait supplié :

— Tu me téléphoneras?

— Ici?

Il avait juré qu'il aurait le téléphone séance tenante. Il avait couru dans ce but, dès le premier matin, avec la peur d'être en retard et de manquer un appel.

— Tu me téléphoneras?

— Mais oui, mon chéri. Si je peux.

— Tu pourras toujours, si tu le veux.

— Je te téléphonerai.

Les formalités étaient terminées. Elles étaient en réalité fort simples, si simples qu'il était presque vexé d'obtenir si facilement gain de cause alors qu'il avait pensé avoir des mondes à remuer.

La vie était grise et sale. Il pleuvait. Il tombait maintenant de la neige fondue et on apercevait à peine, tant la rue était sombre, le petit tailleur juif dans l'alvéole de sa chambre.

On avait installé le téléphone dès le second jour et il n'osait pas sortir de chez lui, bien que Kay fût à peine arrivée à Mexico.

— Je ferai un appel aux renseignements de New York, lui avait-elle expliqué. On me donnera ton numéro.

Et il avait déjà appelé cinq ou six fois les renseignements pour s'assurer qu'on y était au courant de son récent branchement.

C'était curieux. Kay s'était diluée dans la pluie. Il la voyait vraiment comme à travers une vitre sur laquelle la pluie dégouline, un peu floue, déformée, mais il ne s'en raccrochait que davantage à son image qu'il s'efforçait désespérément de reconstituer.

Des lettres étaient arrivées, retransmises de chez Jessie. Elle lui avait dit :

— Ouvre-les. Il n'y a aucun secret, tu sais.

Il avait pourtant hésité à les ouvrir. Il en avait laissé s'entasser quatre ou cinq. Il ne s'y était décidé que quand il en avait trouvé une marquée du pavillon bleu et orange de *Grace Line*, une lettre de Jessie, envoyée par avion des Bahamas.

... au point où j'en étais si...

Il les connaissait par cœur, à présent.

... si je n'avais pas voulu éviter le drame coûte que coûte...

C'était si loin! C'étaient des choses qu'il voyait tout à coup par le gros bout de la lorgnette et qui lui apparaissaient comme des scènes d'un monde incohérent.

Je sais bien que Ric, mis au pied du mur, n'aurait pas hésité à quitter sa femme...

Il se répétait :

— Mis au pied du mur!...

... mais j'ai préféré partir. Ce sera pénible. Ce sera sans doute long. C'est un dur moment à passer. Ce que nous avons pu être heureuses toutes les deux, ma pauvre Kay, dans notre petit appartement!

Je me demande si cela reviendra jamais. Je n'ose pas l'espérer. Ronald me déroute et me glace, et cependant je n'ai pas un seul reproche à lui adresser. Lui, qui avait parfois des colères si brutales, se montre d'un calme qui m'effraie. Il ne me quitte pas. On dirait qu'il veut lire dans mes pensées.

Et il se montre très doux, très prévenant avec moi. Plus qu'avant. Plus que pendant notre lune de miel. Tu te souviens de l'histoire de l'ananas que je t'ai racontée et qui t'a fait rire? Eh bien! cela n'arriverait plus maintenant.

Aux yeux de tout le monde, à bord, nous passons pour des jeunes mariés, et c'est parfois assez amusant. Hier, on a changé les vêtements de laine pour les vêtements de toile, parce qu'on arrivait dans la zone des tropiques. Il fait déjà chaud. C'était drôle, le matin, de voir tout le monde en blanc, y compris les officiers du bord, dont un petit jeune, à un seul galon, qui ne se lasse pas de me lancer des regards langoureux.

Surtout, n'en parle pas à mon pauvre Ric, qui serait capable d'en faire une maladie.

J'ignore, ma pauvre Kay, comment les choses se sont passées là-bas. Pour toi, cela a dû être épouvantable. Je me mets à ta place. J'imagine ton désarroi et je me demande comment tu as fait...

C'était une sensation étrange. Il y avait des moments où il se sentait comme dégagé, le cerveau clair, sans un nuage, des moments où il voyait le monde sans ombres, avec une netteté, une crudité de tons si cruelles qu'au bout d'un certain temps cela en devenait physiquement douloureux.

Ma chère Kay.

Cette lettre-ci portait un timbre de France et venait de Toulon. Est-ce que Kay ne lui avait pas permis de les ouvrir toutes?

Voilà près de cinq mois que je n'ai pas reçu de tes nouvelles. Cela ne m'étonne pas trop de ta part...

Il prenait un temps car chaque mot, pour lui, avait sa pleine valeur.

Nous sommes bien rentrés en France où m'attendait une surprise qui, au début, m'a été assez désagréable. Mon sous-marin et quelques autres ont été versés de l'escadre de l'Atlantique dans l'escadre de la Méditerranée. Autrement dit, mon port d'attache devient Toulon au lieu de notre bon vieux Brest.

Pour moi, cela n'aurait pas été trop grave. Mais pour ma femme, qui venait de louer une nouvelle villa et d'y faire tous les aménagements, cela a été une telle désillusion qu'elle en est tombée malade...

Celui-là avait couché avec Kay, Combe le savait. Il savait où, dans quelles circonstances. Il savait tout, les moindres détails, qu'il avait pour ainsi dire mendiés. Et cela lui faisait mal, et cela lui faisait du bien tout ensemble.

Nous avons fini par nous installer à La Seyne. C'est une sorte de banlieue pas très plaisante, mais j'ai le tramway à ma porte, et il y a un parc juste en face de chez nous pour les enfants...

Car il avait des enfants, lui aussi.

Le Bouffi se porte toujours aussi bien; il con-

tinue à engraisser et il me prie de t'adresser ses amitiés.

Le Bouffi !

Fernand n'est plus avec nous, car il a été nommé au ministère, à Paris. C'est ce qu'il lui fallait, à lui, qui avait déjà tout de l'homme du monde. Il fera très bien dans les salons de la rue Royale, surtout les soirs de grande réception.

Quant à ton ami Riri, le moins que je puisse dire c'est que nous ne nous parlons plus, sauf pour les besoins du service, depuis que nous avons quitté les côtes de la trop merveilleuse Amérique.

Je ne sais pas s'il est jaloux de moi ou si je suis jaloux de lui. Il ne doit pas le savoir davantage.

C'est à toi, ma petite Kay, de nous départager et de...

Il enfonçait ses ongles dans la toile des draps. Et cependant il était calme ! Il était encore calme. C'étaient les premiers jours. Si calme qu'il lui arrivait de prendre le vide qui l'entourait pour le vide définitif et qu'alors il pensait froidement :

« C'est fini. »

Il était libre, à nouveau, libre d'aller à six heures du soir prendre autant d'apéritifs qu'il en voudrait avec Laugier et de bavarder avec celui-ci.

Libre de lui dire, si l'autre lui parlait de la « souris » :

— Quelle *souris*?

Et il lui arrivait, oui, c'était incontestable, d'en éprouver un certain soulagement. Laugier avait raison. Cela ne pouvait que tourner mal. En tout cas, cela ne pouvait pas tourner rond.

Il avait envie, par moments, de le revoir, Laugier. Il lui arriva d'aller jusqu'à l'entrée du *Ritz*, mais il resta dehors parce que, chaque fois, il fut pris de remords.

Il y avait d'autres lettres arrivées pour Kay, des

factures surtout, entre autres une facture de teinturier et une d'une modiste qui lui avait arrangé un chapeau. Autant qu'il pouvait comprendre, il s'agissait du chapeau qu'elle portait la nuit qu'ils s'étaient rencontrés, qu'il revoyait, penché sur le front, et qui prenait soudain à ses yeux la valeur d'un souvenir.

Soixante-huit *cents* !

Pas pour le chapeau. Pour la transformation. Pour un ruban qu'on avait dû ajouter ou retrancher, pour une petite chose bête et féminine.

Soixante-huit *cents*...

Il se souvenait du chiffre. Il se souvenait aussi que la modiste habitait dans la 260ᵉ Rue. Alors, il imaginait malgré lui le chemin à parcourir, comme si Kay avait dû le faire à pied, comme si elle l'avait fait la nuit, à la façon de leurs randonnées.

Ce qu'ils avaient pu marcher, tous les deux !

Le téléphone était posé et il n'y avait pas un seul appel, il ne pouvait pas y en avoir, puisque personne ne savait qu'il était relié.

Sauf Kay. Kay qui lui avait promis :

— Je te téléphonerai dès que je pourrai.

Et Kay ne l'appelait pas. Et il n'osait pas sortir de chez lui. Et il s'hypnotisait, des heures durant, sur la vie du petit tailleur juif. Il savait, maintenant, à quel moment celui-ci mangeait, à quelle heure il prenait ou quittait sa pose hiératique sur sa table de travail. Il faisait, en face d'une autre solitude, l'expérience de sa solitude.

Et il avait presque honte du homard qu'ils avaient envoyé alors qu'ils étaient deux. Car il se mettait maintenant à la place de l'autre.

Ma petite Kay...

Tout le monde l'appelait Kay. Cela le mettait en rage. Pourquoi lui avait-elle recommandé d'ouvrir toutes les lettres qui arriveraient à son nom ?

Celle-ci était en anglais, raide, correcte.

J'ai bien reçu votre lettre du 14 août. J'ai été content d'apprendre que vous êtes à la campagne. J'espère que l'air du Connecticut vous fait du bien. De mon côté, mes affaires m'ont empêché de quitter New York aussi longtemps que je l'aurais désiré.

Cependant...

Cependant quoi? Il avait couché avec elle, lui aussi. Ils avaient tous couché avec elle! Est-ce qu'il se débarrasserait jamais de ce cauchemar-là?

... ma femme serait ravie que vous...

Salaud de salaud! Eh puis, non! c'était lui qui avait tort. Il n'avait même plus tort. C'était fini. Il n'avait qu'à tirer un trait.

« *Point final, tirez un trait.* »

A la ligne et un grand trait, un trait définitif qui l'empêcherait de souffrir davantage, de souffrir jusqu'à la fin de ses jours.

Voilà ce qu'il pensait, en définitive. Qu'il souffrirait jusqu'à la fin de ses jours à cause d'elle.

Et il y était résigné.

Bêtement.

Qu'est-ce qu'un imbécile comme Laugier aurait dit devant une pareille confidence?

C'était tout simple, pourtant, d'une simplicité... d'une simplicité pour laquelle il ne trouvait pas de mots.

C'était comme ça. Kay n'était pas là et il avait besoin de Kay. Il avait cru au grand drame, un jour, parce que sa femme, à quarante ans, voulait vivre un nouvel amour et se sentir jeune à nouveau. Est-ce qu'il avait été assez enfant? Est-ce que cela avait la moindre importance?

Il savait bien que non, à présent que ce qui comptait, que la seule chose au monde qui comptât, c'était Kay, Kay et son passé, Kay et...

... et un coup de téléphone, tout simplement. Qu'il reçoive un coup de téléphone. Il attendait à longueur de journée, à longueur de nuit. Il mettait le réveil sur une heure du matin, puis sur deux heures, sur trois heures, pour être sûr de ne pas être trop endormi et d'entendre la sonnerie d'appel.

A la même minute, il se disait :

« C'est très bien. Tout est très bien. C'est fini. Cela ne pouvait pas se terminer autrement. »

Parce qu'il avait aux lèvres comme un goût de catastrophe.

Cela ne pouvait pas se terminer autrement! Il redeviendrait François Combe. On l'accueillerait, au *Ritz,* comme un malade qui a subi une opération grave.

— Alors, fini?

— Fini.

— Cela n'a pas fait trop mal? Pas trop endolori?

Et personne n'était là pour lui voir mordre son oreiller, le soir, en suppliant humblement :

— Kay... Ma petite Kay... Téléphone, de grâce!...

Les rues étaient vides. New York était vide. Même leur petit bar était vide et, un jour qu'il voulut jouer leur disque, il ne fut pas capable de l'écouter parce qu'un ivrogne qu'on avait en vain essayé de mettre à la porte, un marin nordique, norvégien ou danois, l'avait pris par le cou et lui faisait des confidences incompréhensibles.

Est-ce que ce n'était pas mieux ainsi? Elle était partie, pour toujours. Elle savait bien, ils savaient bien, tous les deux, que c'était pour toujours.

— *Ce n'est pas un départ, François... C'est une arrivée...*

Qu'est-ce qu'elle avait voulu dire? Pourquoi une arrivée? Une arrivée où?

« *Mademoiselle,*

» *Je me permets de vous rappeler votre facture du...* »

Trois dollars et quelques *cents* pour une blouse, une blouse qu'il se souvenait maintenant avoir décrochée dans l'armoire de Jessie et avoir emballée dans la malle.

Kay, c'était tout ça. Et Kay, c'était une menace pour sa tranquillité, pour son avenir, et Kay c'était Kay dont il ne pouvait plus se passer.

Il la reniait dix fois par jour et dix fois il lui demandait pardon, pour la renier à nouveau quelques minutes plus tard. Et il évitait, comme s'il y eût senti un danger, tout contact avec les hommes. Il n'était pas allé une seule fois à la radio. Il n'avait revu ni Hourvitch ni Laugier. Il en arrivait à leur en vouloir.

Le septième jour, enfin, ou plutôt la septième nuit, alors qu'il dormait profondément, la sonnerie du téléphone éclata dans la chambre.

Sa montre était là, à côté de l'appareil. Tout avait été prévu. Il était deux heures du matin.

— Allô !

Il entendit les opératrices de longue distance se renvoyer leurs indicatifs et leurs messages conventionnels. Une voix insistante répétait stupidement :

— Allô... mister Combe... Allô, mister Combe?... C... O... M... B... E... Allô... mister Combe?...

Et, derrière cette voix, déjà, il y avait la voix de Kay qu'on ne lui donnait pas encore le droit d'écouter.

— Mais oui... Combe... Oui...

— Mister François Combe?...

— Mais oui... Mais oui...

Elle était là, à l'autre bout de la nuit. Elle demandait doucement :

— C'est toi?

Et il ne trouvait rien d'autre à répondre que :

— C'est toi?

-:-

Il lui avait dit une fois, tout au début — et cela l'avait fort amusé — qu'elle avait deux voix, une voix quelconque, banale, la voix de n'importe quelle femme, puis une voix grave, un peu trouble, qu'il avait aimée dès le premier jour.

Il ne l'avait pas encore entendue au téléphone et voilà que c'était sa voix d'en bas qu'il découvrait, plus grave encore qu'au naturel, plus chaude, avec quelque chose de traînant, de tendrement persuasif.

Il avait envie de lui crier :

— Tu sais, Kay... C'est fini... Je ne lutterai plus...

Il avait compris. Il ne la renierait plus jamais. Il était impatient de lui annoncer cette grande nouvelle qu'il ne connaissait pas lui-même quelques instants auparavant.

— Je n'ai pas pu t'appeler plus tôt, disait-elle. Je t'expliquerai tout cela plus tard. Il n'y a aucune mauvaise nouvelle, au contraire. Les choses se sont fort bien passées. Seulement, il m'était très difficile de te téléphoner. Maintenant, encore. J'essayerai cependant de le faire chaque nuit...

— Je ne peux pas t'appeler? Tu n'es pas à l'hôtel?

Pourquoi y avait-il un silence? Le devinait-elle déjà déçu?

— Non, François. Il a fallu que je m'installe à l'ambassade. N'aie pas peur. Ne pense surtout pas qu'il y ait quoi que ce soit de changé. Quand je suis arrivée, on venait d'opérer Michèle, à chaud. Il paraît que c'était très grave. Elle avait fait une pleurésie et, là-dessus, tout à coup, une péritonite s'était déclarée. Tu m'entends?

— Mais oui. Qui est à côté de toi?

— Une femme de chambre. Une brave Mexicaine qui couche au même étage que moi et qui, entendant du bruit, est venue voir si je n'avais besoin de rien.

Il l'entendit dire quelques mots en espagnol à la domestique.

— Tu es toujours là? J'en finis avec ma fille. On avait appelé les meilleurs chirurgiens. L'opération a bien réussi. Mais, pendant quelques jours, il y avait toujours les suites à craindre. C'est tout, mon chou...

Elle ne l'avait jamais appelé « mon chou », et ce mot lui fit un effet déprimant.

— Je pense à toi, tu sais, à toi tout seul dans ta chambre. Tu es très malheureux?

— Je ne sais pas. Oui... non...

— Tu as une drôle de voix.

— Tu crois? C'est parce que tu ne m'as jamais entendu au téléphone. Quand reviens-tu?

— Je ne sais pas encore. Je resterai le moins longtemps possible, je te le promets. Peut-être trois ou quatre jours...

— C'est long.

— Comment dis-tu?

— Je dis que c'est long.

Elle rit. Il fut persuadé qu'elle riait à l'autre bout du fil.

— Figure-toi que je suis pieds nus, en robe de chambre, parce que le téléphone est placé près de la cheminée. Il fait presque froid. Et toi? Tu es dans ton lit?

Il ne savait que répondre. Il ne savait plus que dire. Il s'était trop préparé à cette joie-là, il s'était trop réjoui d'avance et maintenant il ne la reconnaissait pas.

— Tu es resté sage, François?

Il dit oui.

Et alors il l'entendit, à l'autre bout du fil, qui fredonnait très bas, très doucement, la chanson qu'ils étaient allés entendre si souvent, leur chanson.

Il sentit que quelque chose montait dans sa poitrine, comme une vague chaude qui le submergeait par l'intérieur, qui l'empêchait de bouger, de respirer, d'ouvrir la bouche.

Elle finissait le refrain et, après un silence — il se demanda si elle pleurait, si elle était incapable de parler tout de suite, elle aussi — elle murmura :

— Bonne nuit, mon François. Endors-toi. Je te téléphonerai la nuit prochaine. Bonne nuit.

Il entendit un bruit léger qui devait être celui du baiser qu'elle lui envoyait à travers l'espace. Il dut balbutier quelque chose. Les opératrices reprenaient possession de la ligne et il ne comprenait pas qu'on le priait de raccrocher, qu'on finissait par l'engueuler.

— Bonne nuit...

Simplement. Et le lit était vide.

— Bonne nuit, *mon* François...

Et il ne lui avait pas dit ce qu'il avait à lui dire, il ne lui avait pas crié le message si important, la nouvelle capitale qu'il avait à lui apprendre.

C'était maintenant seulement que les mots, les phrases lui venaient aux lèvres.

— *Tu sais, Kay...*

— *Oui, mon chou...*

— *Le mot de la gare... la dernière phrase que tu as dite...*

— *Oui, mon chou...*

— *Que ce n'était pas un départ, mais une arrivée...*

Elle souriait, elle devait sourire. Et il voyait si bien ce sourire-là qu'il en était comme halluciné, qu'il parlait à voix haute, tout seul, dans le vide de sa chambre.

— *J'ai compris, enfin... J'y ai mis le temps, n'est-ce pas?... Mais il ne faut pas m'en vouloir...*

— *Non, mon chou...*

— *Parce que les hommes, vois-tu, sont moins subtils que vous autres... Et aussi parce qu'ils ont plus d'orgueil...*

— *Oui, mon chou... Cela ne fait rien...*

D'une voix si grave, si douce...

— *Tu es arrivée avant moi, mais, maintenant, je t'ai rejointe... Nous sommes arrivés tous les deux, dis... Et c'est merveilleux, n'est-ce pas?...*

— *C'est merveilleux, mon chou...*

— *Ne pleure pas... Il ne faut pas pleurer... Je ne pleure pas non plus... Mais je n'ai pas encore l'habitude, tu comprends?*

— *Je comprends...*

— *Maintenant, c'est fini... Cela a été long, le chemin a été parfois difficile... Mais je suis arrivé... Et je sais... Je t'aime Kay... Tu entends, dis?... Je t'aime... Je t'aime... Je t'aime...*

Et il enfonça son visage ruisselant dans l'oreiller, le corps secoué de sanglots rauques, tandis que Kay lui souriait toujours, tandis qu'il entendait sa voix d'en bas qui murmurait à son oreille :

— *Oui, mon chou...*

9

IL y avait une lettre pour lui au courrier du matin et, n'eût-elle pas porté le timbre du Mexique, il avait la conviction qu'il eût reconnu qu'elle était de Kay. Il n'avait jamais vu son écriture. Mais c'était tellement elle ! Au point qu'il en était attendri, parce que cette Kay-là, à la fois enfantine, craintive et terriblement imprudente, il était sûr d'être le seul à la connaître.

Sans doute était-il ridicule, mais, dans les courbes de certaines lettres, il croyait reconnaître des courbes de son corps ; il y avait des jambages très fins, comme certaines de ces rides imperceptibles qui la marquaient. Et des audaces soudaines, imprévues. Et beaucoup de faiblesse; un graphologue aurait peut-être décelé sa maladie, car il avait la conviction, presque la certitude, qu'elle était encore malade, qu'elle n'avait jamais été tout à fait guérie, qu'elle resterait toujours comme blessée.

Et ces repliements presque candides quand elle butait sur un mot difficile, sur une syllabe de l'orthographe de laquelle elle n'était pas sûre.

Elle ne lui avait pas parlé de cette lettre au cours de leur conversation téléphonique de la nuit, probablement parce qu'elle n'en avait pas eu le temps, qu'elle avait trop à dire, qu'elle n'y avait plus pensé.

La grisaille était devenue douceur, et la pluie qui tombait toujours faisait un accompagnement en sourdine à ses pensées.

Mon grand chéri,

Comme tu dois être seul et malheureux! Voilà déjà trois jours que je suis arrivée ici et je n'ai pas encore trouvé le temps de t'écrire ni le moyen de te téléphoner. Mais je n'ai pas cessé de penser à mon pauvre François, qui se fait du mauvais sang à New York.

Car je suis sûre que tu es tout perdu, tout esseulé, et je me demande encore ce que j'ai bien pu faire, ce que tu peux trouver en moi pour que ma présence te soit aussi nécessaire.

Si tu savais la pauvre tête que tu avais, dans le taxi, à la gare Centrale! Il m'a fallu tout mon courage pour ne pas faire demi-tour et venir te retrouver. Puis-je t'avouer que cela m'a rendue heureuse?

Je ne devrais peut-être pas te parler de ça mais, depuis New York, je n'ai cessé de penser à toi, même dans la chambre de ma fille.

Je te téléphonerai cette nuit ou la nuit prochaine, cela dépendra de la santé de Michèle, car, jusqu'ici, j'ai passé toutes les nuits à la clinique où on m'a dressé un petit lit dans la chambre voisine de la sienne. Je t'avoue que je n'ai pas osé demander la communication avec New York. Ou bien il faudrait que je te parle de ma chambre — et la porte de ma fille reste toujours ouverte — ou bien je devrais aller téléphoner du bureau où il y a en permanence une sorte de dragon à lunettes qui ne m'aime pas.

Si tout va bien, c'est ma dernière nuit à la clinique.

Mais il faut que je t'explique, afin que tu ne te fasses pas des idées, car, comme je te connais, tu dois te mettre l'esprit à la torture.

Et d'abord, que je te confesse tout de suite que je t'ai presque trompé. Rassure-toi, mon pauvre chéri. Tu vas voir dans quel sens j'emploie ce mot-là. Quand je t'ai quitté, à la gare, et que j'ai eu mon billet, je me suis sentie tout à coup si perdue que je me suis précipitée au restaurant. J'avais une si grosse envie de pleurer, mon François! Je te voyais toujours à travers les vitres du taxi, les traits tirés, le regard tragique.

Au comptoir, à côté de moi, il y avait un homme. Je ne serais pas capable de le reconnaître, ni de préciser s'il était jeune ou vieux. Toujours est-il que je lui ai dit :

— Parlez-moi, voulez-vous? J'ai encore vingt minutes à attendre. Dites-moi n'importe quoi, que je ne fonde pas en larmes devant tout le monde...

J'ai dû passer pour une sotte, une fois de plus.

J'ai vraiment agi comme une sotte, je m'en suis rendu compte après. Il fallait que je parle, que je dise ce que j'avais sur le cœur, et je ne sais plus ce que, pendant un grand quart d'heure, j'ai raconté à cet inconnu.

J'ai parlé de toi, de nous. Je lui ai dit que je partais et que tu restais, tu comprends? Puis j'ai pensé que j'avais encore le temps de te téléphoner. Ce n'est qu'une fois dans la cabine que je me suis souvenue que tu n'avais pas encore le téléphone.

J'ai fini par me trouver installée dans le train, je me demande comment, et j'ai dormi toute la journée, François, je n'ai même pas eu le courage de me lever pour me rendre au wagon-restaurant et je n'ai mangé qu'une orange.

Est-ce que cela t'ennuie que je te raconte tout ça? Ma fille dort. La garde vient de sortir, car c'est la même garde pour les deux malades et l'autre a besoin qu'on lui fasse toutes les heures des applications de glace sur le ventre.

Je suis dans mon petit lit, comme au sana, dans une chambre ripolinée, avec juste une petite lumière pour éclairer mon papier, que je tiens sur mes genoux repliés.

Je pense à toi, à nous. Je me demande encore comment c'est possible. Je me le suis demandé pendant tout le voyage. J'ai tellement l'impression, vois-tu, de ne pas le mériter! Et j'ai si peur de te faire encore mal. Tu sais ce que je veux dire, mon François, mais je suis persuadée, maintenant, qu'un jour tu sauras que j'aime pour la première fois. Est-ce que tu commences déjà à le sentir? C'est pour toi que je le voudrais, pour que tu ne souffres plus.

Il ne faut plus que je parle de ces choses-là, parce que je serais capable d'appeler New York au téléphone malgré la présence de Michèle.

J'ai été gênée de trouver devant moi presque une

jeune fille. Elle me ressemble. Elle me ressemble beaucoup plus que quand elle était petite et que tout le monde prétendait qu'elle était le portrait de son père. Elle s'en est aperçue aussi et elle me regarde — excuse-moi d'écrire ça avec un tout petit peu de fierté — elle me regarde, dis-je, avec une sorte d'admiration.

Quand je suis arrivée à la gare, après deux jours de voyage, il était passé onze heures du soir. A tout hasard, j'avais envoyé un télégramme de la frontière et j'ai aperçu la voiture à cocarde de l'ambassade.

Cela m'a fait un drôle d'effet de traverser ainsi, toute seule dans une limousine, une ville illuminée où les gens avaient l'air de commencer à vivre. Le chauffeur m'avait annoncé :

— Que Madame se rassure. Les médecins considèrent Mademoiselle comme hors de danger. On l'a opérée hier dans les meilleures conditions.

J'étais contente que L... ne soit pas venu à la gare. Il n'était pas à l'ambassade non plus, où j'ai été reçue par une sorte de gouvernante très hongroise et très grande-dame-qui-a-eu-des-malheurs. C'est elle qui m'a conduite dans l'appartement qui m'était réservé.

— Si vous désirez aller à la clinique cette nuit, une des voitures restera à votre disposition.

Je ne sais pas si tu comprends mon état d'esprit, mon chou, avec ma pauvre valise, toute seule dans cet immense palais.

— La femme de chambre va vous préparer un bain. Sans doute, après, mangerez-vous quelque chose?

Je ne sais plus si j'ai mangé. C'est dans ma chambre qu'on m'a apporté une table toute servie, comme dans un hôtel, avec une bouteille de vin de Tokay et je te confesse, quitte à te faire rire ou à te fâcher, que je l'ai bue tout entière.

La clinique est un peu en dehors de la ville, sur une hauteur... Tout s'est passé fort cérémonieusement. L... était au salon, avec un des deux chirurgiens qui venait justement d'examiner Michèle. Il s'est incliné devant moi. Pour me présenter, il a dit :

— La mère de ma fille.

Il était en habit, ce qui n'avait rien d'extraordinaire en soi, car il avait dû se montrer à une réception officielle, mais ce qui lui donnait un air encore plus glacé que d'habitude.

Le médecin expliquait qu'à son avis tout danger était écarté, mais qu'il demandait encore trois ou quatre jours pour se prononcer définitivement. Quand il est parti, seulement, et que nous sommes restés en tête à tête, dans cette sorte de parloir qui m'a rappelé le couvent, L..., tout à fait calme, à son aise, m'a mise au courant.

— Vous ne m'en voudrez pas si je vous ai avertie un peu tardivement, mais j'ai eu une certaine peine à me procurer votre dernière adresse.

Et tu sais, toi, mon chou, que ce n'était pas la dernière, puisque nous étions chez nous*!*

Excuse-moi de te répéter ces deux mots-là, mais j'ai besoin de les écrire, de les prononcer à mi-voix, pour bien me persuader que c'est vrai. J'ai été malheureuse ici! Non, je ne veux pas t'attrister. Tu es malheureux, toi aussi, et je devrais être auprès de toi, je sens si bien que c'est ma vraie place!

L'intervention avait été décidée brusquement, au beau milieu de la nuit. J'essaie de tout te raconter, mais mes idées s'embrouillent un peu. Pense que je ne sais pas encore depuis quand Michèle est au Mexique. Nous n'avons guère pu nous parler toutes les deux, et, d'ailleurs, elle est tellement intimidée devant moi qu'elle ne trouve rien à dire. Si je parle, la garde vient me faire signe que je dois me taire. C'est même écrit sur les murs!

Qu'est-ce que je te raconte, François? J'ai oublié depuis combien de jours exactement je suis ici. Je dors dans la chambre de la garde, mais celle-ci y vient rarement, je crois que je te l'ai déjà dit, parce qu'elle a beaucoup de soins à donner à l'autre malade qui, paraît-il, est aussi une jeune fille.

Souvent, Michèle parle à mi-voix en dormant. Elle parle presque toujours en hongrois et elle prononce des noms de gens que je ne connais pas.

Le matin, j'assiste à sa toilette. Elle a un petit corps qui me rappelle le mien quand j'avais son âge et cela me fait venir les larmes aux yeux. Elle a la même pudeur que j'avais alors. Pour une partie des soins, il faut absolument que je sorte. Elle ne veut même pas que je reste le dos tourné.

J'ignore ce qu'elle pense, ce qu'on lui a raconté de moi. Elle m'observe avec curiosité, avec étonnement. Quand son père arrive, elle nous regarde tous les deux sans rien dire.

Et moi, François, c'est peut-être vilain de l'écrire, je pense tout le temps à toi, même quand, avant-hier, vers dix heures du soir, Michèle a eu une syncope qui a fait peur à tout le monde, et qu'on a téléphoné à l'Opéra pour avertir son père.

Est-ce que je suis une sans-cœur, un monstre?

L... aussi me regarde avec surprise. Et je me demande, vois-tu, si, depuis que je te connais, depuis que je t'aime, il n'y a pas en moi quelque chose de nouveau qui frappe même les indifférents.

Jusqu'à la douairière qui sert de gouvernante à l'ambassade! Si tu voyais les yeux qu'elle me fait...

Car, le matin, la voiture vient me chercher et me reconduit à l'ambassade. Je monte tout de suite dans mon appartement. J'y prends mes repas. Je n'ai pas encore vu la salle à manger et, si j'ai aperçu l'enfilade de salons, c'est qu'on était en train de faire le nettoyage une fois que je suis passée, et que toutes les portes étaient ouvertes.

Nos conversations, ou plutôt notre conversation avec L... — car, en réalité, il n'y en a eu qu'une qui mérite ce nom — a eu lieu dans son bureau. Il m'avait téléphoné dans ma chambre pour me demander s'il pouvait me rencontrer à onze heures.

Il m'a examinée, comme les autres, avec étonnement. Il y a ajouté un peu de pitié, peut-être à cause de ma robe, de mes mains sans bijoux, de mon visage, que je n'avais pas pris la peine de maquiller. Mais il y avait autre chose aussi dans son regard. Ce que je t'ai dit et que je ne peux pas expliquer. Comme si les gens devinaient confusément l'amour, et comme si ça les mettait mal à l'aise.

Il m'a demandé :

— Vous êtes heureuse?

Et je lui ai répondu « Oui » si simplement, en le fixant dans les yeux, que c'est lui qui a baissé les paupières.

— Je profite, si je puis dire, de l'occasion qui nous réunit accidentellement, pour vous annoncer mon prochain mariage.

— Je vous croyais déjà remarié.

— Je l'ai été. Cela n'a été qu'une erreur.

Un geste sec de sa main. Ne sois pas jaloux, François, si je te dis qu'il a de fort belles mains.

— Je me remarie vraiment, je recommence ma vie, et c'est pourquoi j'ai fait venir Michèle ici, car elle aura sa place dans mon nouveau foyer.

Il croyait que j'allais pleurer, pâlir, je ne sais pas, moi. Et, pendant tout ce temps-là, je te le jure, je te supplie de me croire, je pensais à toi. J'aurais tant voulu lui annoncer :

— Moi, j'aime!

Mais il le savait déjà. Il le sentait. Il n'est pas possible que les gens ne le sachent pas.

— C'est pourquoi, Catherine...

Excuse-moi encore, je ne veux pas te faire de mal mais il est nécessaire que je te raconte tout.

— C'est pourquoi vous ne m'en voudrez pas de ne pas vous mêler plus intimement à la vie de la maison et de ne pas souhaiter que votre séjour se prolonge trop longtemps. J'ai tenu à accomplir mon devoir.

— Je vous remercie.

— Il y a d'autres questions que j'aurais aimé régler depuis longtemps, et, si je ne l'ai pas fait, c'est qu'il m'était impossible de découvrir votre adresse.

Je t'en parlerai, François. Je n'ai d'ailleurs pas pris de décision formelle. Mais dis-toi bien que tout ce que j'ai fait, je l'ai fait pour toi, avec toi, avec conscience d'être toujours « avec » toi.

Maintenant, tu connais à peu près ma vie ici. Ne crois surtout pas que j'en sois humiliée. Je suis une étrangère dans la maison, où je ne vois personne en dehors de la gouvernante et des domestiques. Ils sont polis, distants. Il n'y a qu'une petite femme de chambre de Budapest, qui s'appelle Nouchi, et qui m'a dit un matin, alors qu'elle me surprenait sortant du bain :

— Madame a exactement la même peau que Mlle Michèle.

Toi aussi, mon chéri, tu m'as avoué, un soir, que tu aimais ma peau. Celle de ma fille est bien plus douce, bien plus blanche. Et sa chair à elle...

Voilà que je redeviens triste. Je ne voulais pas être triste ce soir pour t'écrire. Mais j'aurais tant désiré t'apporter quelque chose qui en vaille la peine !

Je ne t'apporte rien. Au contraire. Tu sais à quoi je pense, à quoi tu penses tout le temps, malgré toi, et voilà encore que cela me fait peur et que je me demande si je dois rentrer à New York.

Si j'étais une héroïne, comme celles dont on parle,

je ne le ferais sans doute pas. Je partirais, comme on dit, sans laisser d'adresse, et peut-être que tu serais vite consolé.

Je ne suis pas une héroïne, mon François. Tu vois! Je ne suis même pas une mère. A côté du lit de ma fille, c'est à mon amant que je pense, c'est à mon amant que j'écris, et je suis fière de tracer ce mot-là pour la première fois de ma vie.

Mon amant...

Comme dans notre chanson, est-ce que tu t'en souviens encore? Est-ce que tu es allé l'entendre? Je souhaite que non, tant j'imagine ta pauvre tête en l'écoutant, et j'ai peur que tu boives.

Il ne faut pas. Je me demande à quoi tu peux user tes journées, tes longues journées d'attente. Tu dois passer des heures et des heures dans notre chambre et tu connais, sans doute, maintenant, les moindres faits et gestes de notre petit tailleur qui me manque, lui aussi.

Je ne veux plus y penser, sinon, au risque d'un scandale, je te téléphone. Pourvu que tu aies obtenu d'être branché tout de suite!

Je ne sais pas encore si c'est la nuit prochaine ou la nuit suivante que Michèle sera assez bien pour que j'aille dormir à l'ambassade, où j'ai le téléphone dans ma chambre.

J'ai déjà dit à L..., d'un ton négligent :

— Cela ne vous ennuiera pas s'il m'arrive de téléphoner à New York?

J'ai vu ses mâchoires se serrer. Ne va pas penser des choses extraordinaires, chéri. C'est un tic chez lui. C'est à peu près le seul signe d'émotion qu'on puisse découvrir sur son visage.

Et je crois qu'il aurait été si content de me sentir seule dans la vie et même de me voir à la dérive!

Pas pour en profiter, va! C'est bien fini. Mais à cause de son orgueil, qui est immense.

Il m'a répondu froidement, avec une inclination

du buste qui est une autre de ses manies et qui fait très diplomate :

— Quand vous le désirerez.

Il a compris. Et j'avais envie, moi, mon chéri, de lui lancer ton nom à la tête, de crier :

— François...

Si cela devait encore durer longtemps, je serais obligée d'en parler à quelqu'un, à n'importe qui, comme je l'ai fait à la gare. Tu ne m'en veux pas de cette sotte histoire de la gare, au moins? Tu comprends bien que c'était à cause de toi, que je ne pouvais pas te porter plus longtemps toute seule?

L'air que tu avais quand tu m'as dit :

— Tu ne peux pas te passer de faire du charme, fût-ce au garçon de la cafetaria *ou au chauffeur du taxi... Tu as tellement besoin de l'hommage des hommes que tu sollicites celui du mendiant à qui tu donnes dix sous...*

Eh! je vais t'avouer autre chose... Non... Tu me jugerais mal... Et pourtant, tant pis!... Si je te disais que j'ai failli parler de toi à ma fille, que j'en ai parlé, vaguement, oh! très vaguement — n'aie pas peur — comme d'un grand ami, de quelqu'un en qui je pourrais toujours avoir confiance...

Il est quatre heures du matin, déjà. Je ne m'en étais pas aperçue. Je n'ai plus de papier. J'ai déjà écrit dans toutes les marges, tu t'en rends compte, et je me demande comment tu vas t'y retrouver.

Je voudrais tant que tu ne sois pas triste, que tu ne te sentes pas seul, que tu aies confiance, toi aussi. Je donnerais tout pour que tu ne souffres plus à cause de moi.

La nuit prochaine ou la nuit d'après, je te téléphonerai, je t'entendrai, tu seras chez nous.

Je suis brisée.

Bonsoir, François.

-:-

Et il eut vraiment l'impression, ce jour-là, qu'il portait en lui un bonheur si grave que nul ne pouvait l'approcher sans s'en apercevoir.

C'était si simple ! Si simple !

Et si simplement beau !

Des angoisses subsistaient, comme des points douloureux au cours d'une convalescence, mais, ce qui l'emportait, c'était une immense sérénité.

Elle reviendrait et la vie recommencerait.

Rien d'autre.

Il n'y avait qu'à penser :

« Elle reviendra, elle va revenir et la vie commencera. »

Il n'avait pas envie de rire, de sourire, de s'ébattre, mais il était heureux avec calme et dignité, et il ne voulait pas s'abandonner à ses petites inquiétudes.

Des inquiétudes ridicules, n'est-ce pas?

« *Cette lettre date de trois jours... Qui sait, depuis trois jours...* »

Et, comme il avait essayé d'imaginer — si faussement — l'appartement qu'elle avait partagé avec Jessie avant de le connaître, il imaginait cette vaste maison de l'ambassade, à Mexico, ce Larski, qu'il n'avait jamais vu, dans son bureau, avec Kay en face de lui.

Quelle était cette proposition qu'il lui avait faite, qu'elle avait acceptée sans accepter, dont elle remettait à plus tard le soin de lui parler?

Est-ce qu'elle lui téléphonerait cette nuit encore? A quelle heure?

Car elle ne savait rien. Il avait été stupidement muet au téléphone. Elle n'était pas au courant de son évolution à lui. Au fond, elle ignorait toujours qu'il l'aimait.

Elle ne pouvait pas le savoir, puisqu'il ne l'avait découvert que quelques heures plus tôt !

Alors? Qu'allait-il se passer? Ils ne seraient peut-être plus au même diapason? C'était tout de suite qu'il avait envie de lui apprendre la nouvelle et de lui donner des détails.

Puisque sa fille était hors de danger, elle n'avait qu'à revenir. Que faisait-elle à s'attarder là-bas, au milieu d'influences fatalement hostiles?

Cette idée de disparaître sans laisser de traces, parce qu'elle le faisait et qu'elle le ferait encore souffrir !

Non ! Non ! Il devait lui expliquer...

Tout ça était changé. Il fallait qu'elle sût. Elle était capable, autrement, de faire une bêtise.

Il était heureux, baigné de bonheur, de bonheur pour demain, pour dans quelques jours, mais qui se traduisait dans l'immédiat par une angoisse, parce que, ce bonheur-là, il ne le tenait pas encore et qu'il avait une peur atroce de le manquer.

Un accident d'avion, simplement. Il la supplierait de ne pas prendre l'avion pour revenir... Mais alors l'attente durerait quarante-huit heures de plus... Est-ce qu'il y a beaucoup plus d'accidents d'avions que d'accidents de chemin de fer?

Il lui en parlerait, en tout cas. Il pouvait sortir, puisqu'elle lui avait annoncé qu'elle ne lui téléphonerait que la nuit.

Laugier avait été idiot. Le mot était trop faible. Il avait été perfide. Car son discours de l'autre soir n'était autre chose qu'une perfidie. Parce qu'il avait senti, lui aussi, ce dont Kay parlait, ce reflet de l'amour qui fait enrager les gens qui ne le possèdent pas.

— On pourrait, à la rigueur, en faire une ouvreuse de cinéma...

Ce n'étaient pas les mots exacts, mais c'était ce qu'il avait dit de Kay !

Il ne but pas de la journée. Il ne voulut pas boire.

Il tenait à rester calme, à savourer son calme, sa quiétude, car c'était de la quiétude malgré tout.

A six heures du soir, seulement, il décida — et il savait d'avance que cela arriverait — d'aller voir Laugier, au *Ritz*, non pas tant pour le défier que pour lui montrer sa sérénité.

-:-

Peut-être que si Laugier l'avait taquiné, comme il s'y attendait, ou s'il s'était montré un tant soit peu agressif, les choses se seraient passées autrement.

Ils étaient encore toute une tablée, au bar, et il y avait avec eux la jeune Américaine de la fois précédente.

— Comment ça va, vieux?

Un coup d'œil, simplement. Un coup d'œil satisfait, une poignée de main un tout petit peu plus cordiale que d'habitude, comme pour dire :

— Tu vois ! Ça y est ! J'avais raison...

L'imbécile se figurait que c'était fini, peut-être qu'il avait déjà lancé Kay par-dessus bord?

On n'en parlait plus. On ne s'en occupait plus. La question était liquidée. Il était redevenu un homme comme un autre.

Ils s'imaginaient ça vraiment?

Eh bien ! lui, il ne voulait pas être un homme comme un autre, et il éprouva le besoin de les regarder avec pitié. Kay lui manquait, soudain, à un point qu'il n'aurait jamais pu prévoir, au point de lui donner un vertige physique.

Ce n'était pas possible qu'on ne s'en aperçût pas. Ou alors, il serait vraiment comme les autres, ces gens qui l'entouraient et pour qui il n'avait que mépris?

Il faisait les gestes de tous les jours, il acceptait un *manhattan*, deux *manhattans*, répondait à l'Américaine, qui imprimait du rouge sur ses cigarettes et qui le questionnait sur les pièces qu'il avait créées en France.

Il avait une furieuse envie, un besoin douloureux, de la présence de Kay et pourtant il se comportait comme un homme normal et il se surprit à faire la roue, à parler avec plus d'animation qu'il n'aurait dû de ses succès de théâtre.

La tête de rat n'était pas là. Il y avait d'autres personnes qu'il ne connaissait pas et qui prétendaient avoir vu ses films.

Il aurait voulu parler de Kay. Il avait sa lettre en poche et, à certains moments, il aurait été capable de la lire à n'importe qui, à cette Américaine, par exemple, qu'il n'avait pas regardée la fois précédente.

« Ils ne savent pas, se répétait-il. Ils ne peuvent pas savoir. »

Il buvait machinalement les verres qu'on lui servait. Il pensait :

« Encore trois jours, quatre au plus. Cette nuit, déjà, elle me parlera au téléphone, elle me chantera notre chanson. »

Il aimait Kay, c'était indiscutable. Il ne l'avait jamais aimée autant que ce soir-là. Et même, c'est ce soir-là qu'il allait découvrir une nouvelle forme de leur amour, qu'il allait peut-être en découvrir les racines.

Mais c'était encore confus et cela resterait toujours confus, comme un mauvais rêve.

Le sourire satisfait de Laugier, par exemple, avec une petite paillette d'ironie sur la prunelle. Pourquoi Laugier se moquait-il soudain de lui? Parce qu'il parlait à la jeune Américaine?

Eh bien! il lui parlait de Kay. Il n'aurait déjà plus pu dire comment il y était arrivé, comment il était parvenu à mettre leur entretien sur ce chapitre.

Ah ! oui, elle lui avait demandé :

— Vous êtes marié, n'est-ce pas? Est-ce que votre femme est avec vous à New York?

Et il avait parlé de Kay. Il avait dit qu'il était venu seul à New York, et que c'était la solitude qui lui avait fait comprendre la valeur inestimable d'un contact humain.

C'était le mot qu'il avait employé et qui, à cet instant, lui paraissait si lourd de sens, dans la chaleur du *Ritz,* dans le brouhaha de la foule, devant son verre, qu'il vidait sans cesse, que c'était comme une révélation.

Il était seul, avec sa chair triste. Et il avait rencontré Kay. Et ils avaient plongé tout de suite aussi loin dans l'intimité de leurs êtres que la nature humaine le permet.

Parce qu'ils avaient faim d'humain.

— Vous ne comprenez pas, n'est-ce pas? Vous ne pouvez pas comprendre.

Et ce sourire de Laugier qui, au guéridon voisin, bavardait avec un imprésario !

Combe était sincère, passionné. Il était plein de Kay. Il débordait d'elle. Il se souvenait de la première fois qu'ils s'étaient jetés l'un sur l'autre, sans rien savoir l'un de l'autre, sinon qu'ils avaient faim d'un contact humain.

Il répétait le mot, s'efforçait d'en donner l'équivalent en anglais, et l'Américaine le regardait avec des yeux qui devenaient rêveurs.

— Dans trois jours, peut-être plus tôt, si elle prend l'avion, ele sera ici.

— Comme elle doit être heureuse !

Il voulait parler d'elle. Le temps passait trop vite. Déjà le bar se vidait et Laugier se levait, tendait la main.

— Je vous laisse, mes enfants. Dis donc, François, tu seras gentil de reconduire June?

Combe devinait confusément comme un complot

autour de lui, mais il ne voulait pas se rendre à l'évidence.

Est-ce que Kay ne lui avait pas donné tout ce qu'une femme peut donner?

Voilà deux êtres qui gravitent, chacun de son côté, sur la surface du globe, qui sont comme perdus dans les milliers de rues, pareilles les unes aux autres, d'une ville comme New York.

Et le Destin fait qu'ils se rencontrent. Et, quelques heures plus tard, ils sont si farouchement soudés l'un à l'autre que l'idée de la séparation leur est intolérable.

N'est-ce pas merveilleux?

C'est ce merveilleux-là qu'il aurait voulu faire comprendre à June qui le regardait avec des yeux où il croyait lire la nostalgie des mondes qu'il lui ouvrait.

— De quel côté allez-vous?

— Je ne sais pas. Je ne suis pas pressée.

Alors, il la conduisit à son petit bar. Il avait besoin d'y aller et il ne se sentait pas le courage, ce soir-là, d'y aller seul.

Elle portait une fourrure, elle aussi, et elle aussi, d'un geste tout naturel, accrocha la main à son bras.

Il lui sembla que c'était un peu Kay qui était là. Est-ce que ce n'était pas de Kay, et de Kay seule, qu'ils parlaient?

— Elle est très jolie?

— Non.

— Alors?

— Elle est émouvante, elle est belle. Il faudrait que vous la voyiez. C'est *la* femme, vous comprenez? Non, vous ne comprenez pas. La femme déjà un peu blasée et qui, pourtant, est restée une enfant. Entrez ici. Vous allez entendre...

Il cherchait fébrilement des *nickels* dans sa poche et il déclenchait le disque, regardait June avec l'espoir qu'elle allait tout de suite partager *leur* émotion.

— Deux *manhattans*, barman.

Il sentait qu'il avait tort de boire encore, mais il était trop tard pour s'arrêter. La chanson le troublait au point que des larmes lui montaient aux yeux et que l'Américaine, alors qu'il ne s'y attendait pas, lui caressa doucement la main d'un geste apaisant.

— Il ne faut pas pleurer, puisqu'elle va revenir.

Alors, il serra les poings.

— Mais vous ne comprenez donc pas que je ne peux plus attendre, que trois jours, que deux jours c'est une éternité?

— Chut! On vous écoute.

— Je vous demande pardon.

Il était trop tendu. Il ne voulait pas se détendre. Il remettait le disque, une fois, deux fois, trois fois, et chaque fois, il commandait d'autres cocktails.

— La nuit, il nous arrivait de marcher pendant des heures le long de la 5e Avenue.

Il fut tenté de marcher de la sorte avec June, pour lui montrer, pour bien lui faire partager ses angoisses et sa fièvre.

— J'aimerais bien connaître Kay, disait-elle, rêveuse.

— Vous la connaîtrez. Je vous la ferai connaître.

Il était sincère, sans arrière-pensée.

— Il y a maintenant, à New York, des tas d'endroits où je ne puis plus passer seul.

— Je comprends.

Elle lui reprenait la main. Elle paraissait émue, elle aussi.

— Partons, proposa-t-elle.

Pour aller où? Il n'avait pas envie de se coucher, de retrouver la solitude de sa chambre. Il n'avait pas conscience de l'heure.

— Tenez! Je vais vous conduire dans un cabaret

que je connais, où nous sommes allés, Kay et moi.

Et, dans le taxi, elle se serrait contre lui, et elle avait mis sa main nue dans la sienne.

Alors, il lui sembla... Non, c'était impossible à expliquer. Il lui sembla que Kay, ce n'était pas seulement Kay, que c'était tout l'humain du monde, que c'était tout l'amour du monde.

June ne comprenait pas. Elle avait sa tête contre son épaule et il respirait un parfum inconnu.

— Jurez-moi que vous me la ferez connaître.

— Mais oui.

Ils entrèrent au bar n° 1, où le pianiste laissait toujours errer sur le clavier du piano des doigts indolents. Elle marchait, comme Kay, devant lui, avec cet orgueil instinctif d'une femme qu'un homme suit. Elle s'asseyait, comme elle, en repoussant son manteau, ouvrait son sac pour y prendre une cigarette, cherchait son briquet.

Est-ce qu'elle allait, elle aussi, parler au maître d'hôtel?

Il y avait, à cette heure, des traces de fatigue sous ses yeux, comme Kay, et on sentait la chair des joues un peu molles sous le fard.

— Donnez-moi du feu, voulez-vous? Je n'ai plus d'essence dans mon briquet.

Elle lui souffla en riant la fumée au visage et, un peu plus tard, en se penchant, elle frôlait son cou de ses lèvres.

— Parlez-moi encore de Kay.

Mais ce fut elle qui s'impatienta et qui prononça en se levant :

— Partons!

Pour aller où, une fois encore? Peut-être que maintenant, ils le devinaient l'un et l'autre. Ils étaient à Greenwich Village, à deux pas de Washington Square. Elle lui serrait le bras, elle se laissait aller contre lui en marchant, il sentait sa hanche contre la sienne à chaque pas.

Et c'était Kay. Malgré tout, c'était Kay qu'il cherchait, c'était le contact de Kay, et même la voix de Kay qu'il croyait entendre quand elle parlait bas, d'une voix qui commençait à être trouble.

Ils s'arrêtèrent en bas devant la porte. Combe resta un moment immobile, il eut l'impression de fermer les yeux l'espace d'une seconde, puis, d'un geste à la fois doux et résigné, où il y avait comme de la pitié pour elle et pour lui, encore plus que pour Kay, il la poussa devant lui.

Elle montait, quelques marches en avant. Elle avait, elle aussi, une échelle à son bas

— Plus haut?

C'est vrai qu'elle ne savait pas! Elle s'arrêtait sur l'avant-dernier palier et elle évitait de le regarder.

Il ouvrit sa porte, tendit la main vers le commutateur.

— Non. Ne faites pas de lumière, voulez-vous?

Il en venait un tout petit peu de la rue, de cette lumière blafarde et trop précise qui émane des réverbères et qui sent la nuit des villes.

Il eut contre lui la fourrure, une robe de soie, la chaleur d'un corps, et, enfin, deux lèvres humides qui cherchaient à se mouler aussi exactement que possible aux siennes.

Il pensa :

— Kay...

Puis ils chavirèrent.

-:-

Ils restaient maintenant sans parler, immobiles, corps contre corps. Aucun des deux ne dormait et chacun le savait. Combe avait les yeux ouverts et il voyait, tout près de lui, le modelé blafard d'une joue, celui d'un nez où la sueur mettait des luisances.

Ils sentaient bien qu'ils n'avaient plus qu'à se taire et qu'à attendre, et soudain un vacarme les enveloppa, la sonnerie du téléphone se fit entendre, si violente, qu'ils sursautèrent sans se rendre compte immédiatement de ce qui arrivait.

Il se passa cette chose grotesque que Combe, dans son affolement, ne trouva pas tout de suite l'appareil dont il ne s'était servi qu'une fois, et que ce fut June qui, pour l'aider, alluma la lampe de chevet.

— Allô... Oui...

Il ne reconnaissait pas sa propre voix. Il était nu, stupide, debout au milieu de la chambre, avec l'appareil à la main.

— François Combe, oui...

Il la vit qui se levait, qui murmurait :

— Tu veux que je sorte?

A quoi bon? Pour aller où? Est-ce qu'elle n'entendrait pas aussi bien de sa salle de bains?

Et elle se recouchait, sur le côté. Ses cheveux étaient répandus sur l'oreiller presque de la même couleur que les cheveux de Kay, à la même place.

— Allô...

Il s'étranglait.

— C'est toi, François?

— Mais oui, mon chéri.

— Qu'est-ce que tu as?

— Pourquoi?

— Je ne sais pas. Tu as une drôle de voix.

— J'ai été réveillé en sursaut.

Il avait honte de mentir, non seulement de mentir à Kay, mais de mentir à Kay devant l'autre qui le regardait.

Pourquoi, puisqu'elle avait proposé de sortir, n'avait-elle pas au moins la délicatesse de se tourner de l'autre côté? Elle le regardait, d'un œil, et il ne pouvait pas détacher son regard de cet œil.

— Tu sais, chéri, j'ai une bonne nouvelle à t'annoncer. Je pars demain, ou plutôt ce matin, par l'avion. Je serai à New York le soir. Allô...

— Oui.

— Tu ne dis rien? Qu'est-ce qu'il y a, François? Tu me caches quelque chose. Tu es sorti avec Laugier, n'est-ce pas?

— Oui.

— Je parie que tu as bu.

— Oui.

— Je me doutais bien que c'était ça, mon pauvre chéri. Pourquoi ne le disais-tu pas? Demain, dis! Ce soir...

— Oui.

— C'est par l'ambassade qu'on a pu m'obtenir une place dans l'avion. Je ne sais pas exactement à quelle heure il arrive à New York, mais tu pourras te renseigner. Je pars par la *Pan-American.* Ne te trompe pas, car il y a deux compagnies qui font le trajet et les appareils n'arrivent pas à la même heure.

— Oui.

Et lui qui avait tant de choses à lui dire! Lui qui avait la grande nouvelle à lui crier et qui était là, comme hypnotisé par un œil!

— Tu as reçu ma lettre?

— Ce matin.

— Il n'y avait pas trop de fautes? Tu as eu le courage de la lire jusqu'au bout? Je crois que je ne vais pas me coucher. Ce n'est pas que j'en aie pour longtemps à faire mes bagages. Tu sais, cet après-midi, j'ai pu sortir une heure et je t'ai acheté une surprise. Mais je sens bien que tu as sommeil. Tu as vraiment beaucoup bu?

— Je crois.

— Laugier a été très désagréable?

— Je ne sais plus, mon chéri. Je pensais à toi, tout le temps.

Il n'en pouvait plus. Il avait hâte de raccrocher.

— A ce soir, François.

— A ce soir.

Il aurait dû faire un effort. Il essayait, de toute son énergie, et il n'y parvenait pas.

Il faillit lui avouer tout à coup.

— Ecoute, Kay, il y a quelqu'un dans la chambre. Tu comprends, maintenant, pourquoi je...

Il le lui dirait quand elle reviendrait. Il ne fallait pas que ce fût une trahison, qu'il se glissât quoi que ce fût de vilain entre eux.

— Dors vite.

— Bonsoir, Kay.

Et il alla lentement poser l'appareil sur le guéridon. Il resta là, immobile au milieu de la chambre, les bras ballants, à regarder par terre.

— Elle a deviné?

— Je ne sais pas.

— Tu lui diras?

Il redressa la tête, la regarda en face et prononça avec calme :

— Oui.

Elle resta encore un moment sur le dos, le buste dressé, puis elle arrangea un peu ses cheveux, sortit l'une après l'autre ses jambes du lit et commença à mettre ses bas.

Il ne l'arrêtait pas. Il ne l'empêchait pas de partir. Il s'habillait, lui aussi.

Elle dit, sans rancune :

— Je m'en irai bien seule. Vous n'avez pas besoin de me reconduire.

— Mais si.

— Cela vaut mieux pas. Elle pourrait téléphoner à nouveau.

— Tu crois?

— Si elle a deviné quelque chose, elle retéléphonera.

— Je te demande pardon.

— De quoi?

— De rien. De te laisser aller comme ça.

— C'est ma faute.

Elle lui sourit. Et, quand elle fut prête, quand elle eut allumé une cigarette, elle s'approcha de lui, lui donna un baiser très léger, très fraternel sur le front. Ses doigts cherchaient ses doigts, les pressaient tandis qu'elle murmurait tout bas :

— Bonne chance !

Après quoi, il s'assit dans un fauteuil, à demi vêtu et il attendit tout le reste de la nuit.

Mais Kay ne téléphona pas et le premier signe de la journée qui commençait fut la lampe qui s'allumait dans la chambre du petit tailleur juif.

Est-ce que Combe se trompait? Est-ce qu'il en serait toujours ainsi? Est-ce qu'il découvrirait indéfiniment de nouvelles profondeurs d'amour à atteindre?

Pas un trait de son visage ne bougeait. Il était très las, courbaturé dans sa chair et dans son cerveau. Il n'avait pas l'impression de penser.

Mais il avait la conviction — comme une certitude diffuse dans tout son être — que c'était de cette nuit seulement qu'il aimait vraiment, totalement, Kay, de cette nuit, en tout cas, qu'il en avait la révélation.

C'est pourquoi il avait honte, quand le jour vint frôler les vitres et faire pâlir la lampe de chevet, de ce qui était arrivé.

10

ELLE ne dut pas comprendre. Elle ne pouvait pas comprendre. Il était impossible de savoir par exemple, que, depuis une heure qu'il attendait à l'aéroport de La Guardia, il se demandait, sans aucun romantisme, simplement parce qu'il connaissait l'état de ses nerfs, s'il supporterait le choc.

Tout ce qu'il avait fait ce jour-là, tout ce qu'il était à présent était fatalement si nouveau pour elle qu'il serait obligé, pour ainsi dire, de la réapprivoiser. Et la question, l'angoissante question était de savoir si elle serait encore au diapason, si elle accepterait, si elle serait capable de le suivre aussi loin.

Voilà pourquoi il n'avait rien fait, depuis le matin, de ce qu'il s'était promis, depuis plusieurs jours, de faire lors de son retour. Il ne s'était même pas donné la peine, il n'avait pas daigné changer l'oreiller sur lequel June avait posé sa tête, il ne s'était pas assuré non plus qu'elle n'y avait pas laissé de traces de rouge à lèvres.

A quoi bon? Il était si loin de tout cela! C'était tellement dépassé!

Il n'était pas non plus allé commander un petit dîner fin chez le traiteur italien, et il ne savait pas ce qu'il y avait à manger ou à boire dans le frigidaire.

Ce qu'il avait fait de cette journée-là? Elle aurait été bien en peine de le deviner. Il pleuvait toujours, en plus fin, en plus sourd, et il avait tiré un fauteuil devant la fenêtre dont il avait ouvert les rideaux, il s'y était assis. C'était un jour de lumière crue, impitoyable, avec un ciel sans lumière apparente, qui faisait pourtant mal à regarder.

C'était ce qu'il fallait. La couleur des briques des maisons d'en face, détrempées par huit jours de pluie, était affreuse, les rideaux et les fenêtres d'une banalité navrante.

Est-ce qu'il les regardait? Il fut étonné, plus tard, de constater qu'il n'avait pas un seul instant prêté attention à leur petit tailleur fétiche.

Il était très fatigué. L'idée lui était venue de se

coucher pendant quelques heures, mais il était resté là, le col ouvert, les jambes étendues, à fumer des pipes dont il secouait la cendre sur le plancher.

Et, tout à coup, vers midi, alors qu'il était demeuré à peu près immobile jusque-là, il avait marché vers son téléphone et il avait demandé, pour la première fois, une communication à longue distance, un numéro de Hollywood.

— Allô ! C'est vous, Ulstein?

Ce n'était pas un ami. Des amis, il en avait là-bas, des metteurs en scène, des artistes français mais il dédaignait aujourd'hui de s'adresser à eux.

— Ici, Combe. Oui, François Combe. Comment? Non, je parle de New York... Je le sais, mon vieux, que, si vous aviez eu quelque chose à me proposer, vous m'auriez écrit ou câblé... Ce n'est pas pour cela que je vous appelle... Allô !... Ne coupez pas, mademoiselle...

Un affreux type, qu'il avait connu à Paris, non pas au *Fouquet's* mais arpentant le trottoir autour du *Fouquet's*, pour faire croire qu'il en sortait.

— Vous vous souvenez de notre dernière conversation, là-bas? Vous m'avez dit que, si j'acceptais des rôles moyens, mettons, pour parler nettement, des petits rôles, il ne vous serait pas difficile de m'assurer la matérielle... Comment?

Il eut un sourire amer, car il voyait le moment où l'autre allait se gonfler.

— Soyez précis, Ulstein... Je ne vous parle pas de ma carrière... Combien par semaine?... Oui, en acceptant n'importe quoi... Mais, sacrebleu, ça ne vous regarde pas ! ça ne regarde que moi... Répondez à ma question et fichez-vous du reste...

Le lit défait et, de l'autre côté, le rectangle gris de la fenêtre. Du blanc cru et du gris froid. Et lui parlait d'une voix coupante.

— Combien? Six cents dollars?... Les bonnes semaines? ... Bon ! Cinq cents... Vous êtes sûr de ce que vous dites?... Vous êtes prêts à signer un contrat, de six mois par exemple, à ce tarif?... Non, je ne peux pas répondre tout de suite... Demain, probablement... Non plus... C'est moi qui vous rappellerai...

Elle ne savait pas ça, Kay. Elle s'attendait peut-être à trouver l'appartement rempli de fleurs; elle ignorait qu'il y avait pensé, que cette idée lui avait fait hausser les épaules avec dédain.

N'avait-il pas raison de craindre qu'elle ne fût pas au diapason?

Il était allé trop vite. Il avait conscience d'avoir parcouru, en si peu de temps, un chemin considérable, vertigineux, que les hommes mettent souvent plusieurs années à parcourir, quand ils n'y usent pas toute leur vie, pour ceux qui arrivent au bout!

Des cloches sonnaient quand il était sorti de chez lui; il devait être midi; il était descendu dans la rue, avec son imperméable beige, et il s'était mis à marcher les mains dans les poches.

Ce dont Kay ne se doutait pas, non plus, c'est qu'il était maintenant huit heures du soir et qu'il marchait depuis midi, sauf le quart d'heure qu'il avait passé à manger un *hot dog* à un comptoir. Il n'avait pas choisi la *cafetaria*. Cela n'avait pas d'importance.

Il avait traversé Greenwich Village en direction des docks, du pont de Brooklyn, et c'était la première fois qu'il avait traversé à pied cet immense pont de fer.

Il faisait froid. Il pleuvait à peine. Le ciel était bas, avec des nuages d'un gris épais. L'East River avait des vagues rageuses et des crêtes blanches, des remorqueurs sifflaient comme en colère, d'ignobles bateaux bruns, à fond plat, qui transportaient, comme des tramways, leur cargaison de passagers, suivaient une route invariable.

L'aurait-elle cru s'il lui avait dit qu'il était venu

à pied jusqu'à l'aéroport? En s'arrêtant à peine deux ou trois fois dans des bars populaires, les épaules de son *trench-coat* mouillées, les mains toujours dans les poches, le chapeau détrempé, comme un homme de l'aventure.

Il n'avait pas touché à un phono automatique. Il n'en avait plus besoin.

Et tout ce qu'il voyait autour de lui, ce pèlerinage dans un monde de grisaille, où des hommes noirs s'agitaient dans le rayon des lampes électriques, ces magasins, ces cinémas avec leurs guirlandes de lumières, ces boutiques à saucisses ou à pâtisseries écœurantes, ces boîtes à sous, à musique, à lancer des billes dans des petits trous, tout ce qu'une grande ville a pu inventer pour tromper la solitude des hommes, tout cela, il pouvait le regarder enfin, désormais, sans écœurement ni panique.

Elle serait là. Elle allait être là.

Une seule angoisse encore, l'ultime, qu'il traînait avec lui de bloc de maisons en bloc de maisons, ces cubes de briques le long desquels courent des escaliers de fer, pour les cas d'incendie, et dont on se demande, non pas tant comment les gens ont le courage d'y vivre, ce qui est encore assez facile, mais le courage d'y mourir.

Et des tramways passaient, pleins de visages livides et secrets. Et des enfants, de petits bonshommes tout noirs dans le gris, rentraient de l'école en s'efforçant, eux aussi, d'atteindre à la gaieté.

Et tout ce qu'on voyait dans les vitrines était triste. Et les mannequins de bois ou de cire avaient des poses hallucinantes, tendaient leurs mains trop roses en des gestes d'inadmissible acceptation.

Kay ne savait rien de tout cela. Elle ne savait rien. Ni qu'il avait arpenté pendant une heure et demie exactement le hall de l'aéroport, parmi d'autres gens, qui attendaient comme lui, les uns crispés, anxieux, d'autres gais ou indifférents, ou contents d'eux, en se demandant s'il tiendrait bon à la dernière minute.

C'était à cette minute-là, à l'instant où il la reverrait, qu'il pensait. Se demandait-il si elle serait pareille à elle-même, si elle ressemblerait encore à la Kay qu'il aimait?

C'était plus subtil, plus profond. Il s'était promis, tout de suite, dès la première seconde, de la regarder dans les yeux, simplement, longuement, de lui déclarer :

— C'est fini, Kay.

Elle ne comprendrait pas, il le savait. C'était presque un jeu de mots. C'était fini de marcher, de se poursuivre, de se pourchasser. Fini de courir l'un après l'autre, d'accepter ou de refuser.

C'était fini. Il l'avait décidé ainsi, et voilà pourquoi sa journée avait été aussi grave et aussi profondément angoissante.

Parce qu'il existait malgré tout l'éventualité qu'elle ne puisse pas le suivre, qu'elle ne soit pas encore à son niveau. Et lui n'avait plus le temps d'attendre.

C'était fini. Ce mot-là, pour lui, résumait tout. Il avait l'impression d'avoir accompli le cycle complet, d'avoir bouclé la boucle, d'en être arrivé là où le Destin voulait le conduire, là où, en somme, le Destin l'avait pris.

... Dans leur boutique à saucisses, alors qu'ils ne savaient encore rien ni l'un ni l'autre et que, pourtant, tout était déjà décidé à leur insu...

Au lieu de chercher, de tâtonner en aveugle, de se raidir, de se révolter, il disait à présent, avec une humilité tranquille et sans honte :

— J'accepte.

Il acceptait tout. Tout leur amour et ce qui pourrait en découler. Kay telle qu'elle était, telle qu'elle avait été et telle qu'elle serait.

Est-ce que vraiment elle aurait pu comprendre cela quand elle le voyait attendre, parmi tant d'autres, derrière la barrière grise d'un aéroport?

Elle se précipitait vers lui, frémissante. Elle lui tendait les lèvres et elle ignorait, à ce moment-là, que ce n'était pas de ses lèvres qu'il avait envie. Elle s'exclamait :

— Enfin, François!

Puis, aussitôt, parce qu'elle était femme :

— Tu es tout mouillé.

Elle se demandait pourquoi il la regardait si fixement, avec un air de somnambule, pourquoi il l'emmenait à travers la foule en écartant celle-ci avec des gestes presque rageurs.

Elle faillit questionner :

— Tu n'es pas content que je sois là?

Et elle pensait à sa valise.

— Il faut que nous passions aux bagages, François.

— Je les ferai livrer à la maison.

— Il y a dedans des choses dont je peux avoir besoin.

Il laissa tomber :

— Tant pis.

Il se contenta de donner leur adresse à un guichet.

— C'était facile, avec un taxi. Moi qui t'avais apporté un souvenir.

— Viens.

— Mais oui, François.

Il y avait comme de la crainte et comme de la soumission dans ses yeux.

— Quelque part, n'importe où, vers Washington Square, lançait-il au chauffeur.

— Mais...

Il ne s'inquiétait pas de savoir si elle avait mangé, si elle était fatiguée. Il n'avait pas non plus remarqué qu'elle portait une robe neuve sous son manteau.

Elle nouait sa main à sa main, et il restait indifférent, raidi plutôt, ce qui la frappa.

— François.

— Quoi?

— Tu ne m'as pas encore vraiment embrassée.

Parce qu'il ne pouvait pas l'embrasser ici, l'embrasser maintenant, parce que cela n'aurait aucun sens. Il le fit, pourtant, et elle sentit que c'était par condescendance. Elle eut peur.

— Ecoute, François...

— Oui.

— Cette nuit...

Il attendait. Il savait ce qu'elle allait dire.

— J'ai failli te téléphoner une seconde fois. Pardonne-moi si je me trompe. Mais j'ai eu tout le temps l'impression qu'il y avait quelqu'un dans la chambre...

Ils ne se voyaient pas. Cela lui rappelait l'autre taxi, celui de la veille.

— Réponds. Je ne t'en voudrai pas. Quoique... Dans *notre* chambre...

Il laissa tomber, presque sèchement :

— Il y avait quelqu'un.

— Je le savais. C'est pourquoi je n'ai pas osé téléphoner à nouveau. François...

Non! Il ne voulait pas de scène. Il était tellement au-delà de tout cela! Et de cette main qui se crispait sur la sienne, de ces reniflements, de ces larmes qu'il sentait sourdre.

Il s'impatientait. Il avait hâte d'être arrivé. En somme, c'était un peu comme dans un rêve, cette longue route qu'on doit parcourir, au bout de laquelle on croit sans cesse être sur le point d'arriver, et où il reste toujours une dernière côte à gravir.

En aurait-il le courage?

Elle devait se taire. Il aurait fallu quelqu'un pour lui dire de se taire. Lui ne le pouvait pas. Elle arrivait, elle croyait que cela suffisait, et lui, pendant qu'elle n'était pas là, avait accompli une longue étape.

Elle balbutiait :

— Tu as fait ça, François?

— Oui.

Méchamment. Il le lui disait méchamment, parce qu'il lui en voulait de ne pas être capable d'attendre, d'attendre le moment merveilleux qu'il lui avait préparé.

— Je n'aurais pas cru que j'étais encore capable d'être jalouse. Je sais bien que je n'en ai pas le droit...

Il avait aperçu des lumières vives, celles de la boutique à saucisses dans laquelle ils s'étaient rencontrés, et il commandait au chauffeur de s'arrêter.

N'était-ce pas une réception inattendue pour un pareil retour? Il savait qu'elle était déçue, de plus en plus près des larmes, mais il aurait été incapable d'agir autrement, et il lui répétait :

— Viens.

Elle le suivait, docile, inquiète, tourmentée par le mystère nouveau qu'il représentait pour elle. Il ajoutait, alors :

— Nous allons manger un morceau et nous rentrerons chez nous.

Il avait presque la mine d'un aventurier, au moment où il pénétrait dans la lumière, avec son *trench-coat* mouillé aux épaules, son chapeau trempé de pluie et sa pipe que, pour la première fois, il avait allumée alors qu'ils étaient seuls dans la voiture.

Ce fut lui qui lui commanda des œufs au bacon, sans lui demander son avis, lui encore qui, sans attendre de lui voir tirer son étui de son sac, réclama des cigarettes de sa marque habituelle et lui en tendit une.

Commençait-elle à deviner qu'il ne pouvait encore rien dire?

— Ce qui m'étonne, François, c'est que ce soit justement cette nuit, que j'étais si heureuse de t'annoncer mon arrivée...

Elle pouvait croire qu'il la regardait froidement, que jamais il ne l'avait regardée aussi froidement, même le premier jour, la première nuit, plutôt, quand ils s'étaient rencontrés à cet endroit.

— Pourquoi as-tu fait ça?

— Je ne sais pas. A cause de toi.

— Que veux-tu dire?

— Rien. C'est trop compliqué.

Et il restait sombre, presque distant. Elle éprouvait le besoin de parler, d'agiter les lèvres :

— Il faut que je te dise tout de suite — à moins que cela t'ennuie — ce que Larski a fait. Remarque que je n'ai encore rien accepté. J'ai voulu t'en parler d'abord...

Il savait d'avance. Quelqu'un qui les aurait observés l'aurait pris, ce soir-là, pour l'homme le plus indifférent de la terre. Tout cela avait si peu d'importance en regard de sa décision, à lui, en regard de la grande vérité humaine dont il avait enfin la révélation !

Elle fouillait dans son sac. C'était une faute de goût. Elle le faisait fébrilement et il ne lui en voulait pas.

— Regarde.

Un chèque, un chèque au porteur de cinq mille dollars.

— Je voudrais que tu comprennes exactement...

Mais oui. Il comprenait.

— Ce n'est pas dans l'esprit que tu crois qu'il a fait ça. D'ailleurs, en réalité, j'y avais droit de par les clauses du divorce. C'est moi qui n'ai jamais voulu soulever la question d'argent, pas plus que je n'ai exigé d'avoir ma fille tant de semaines par an.

— Mange.

— Cela t'ennuie que je t'en parle?

Et il répondit sincèrement :

— Non.

Est-ce qu'il l'avait prévu? Presque. Il était trop loin. Il était forcé de l'attendre, comme celui qui est arrivé au haut de la côte avant les autres.

— Du sel, garçon.

Elle allait recommencer. Du sel. Du poivre. Puis de la sauce anglaise. Puis du feu pour sa cigarette. Puis... Cela ne l'impatientait plus. Il ne souriait pas. Il restait grave, comme à l'aéroport, et c'était cela qui la déroutait.

— Si tu le connaissais et surtout si tu connaissais sa famille, tu ne t'étonnerais pas.

Parce qu'il s'étonnait? De quoi?

— Ce sont des gens qui possèdent depuis des siècles des terres grandes comme un département français. Il y a eu des époques où elles donnaient des revenus considérables. Je ne sais pas maintenant mais ils sont encore colossalement riches. Ils ont gardé certaines habitudes. Je me souviens, par exemple, d'un bonhomme, un fou, un excentrique ou un malin, je serais en peine de le dire, qui vivait depuis dix ans dans un de leurs châteaux sous prétexte de dresser le catalogue de la bibliothèque. Il lisait toute la journée. Il écrivait de temps en temps quelques mots sur un bout de papier qu'il jetait dans une boîte. Et cette boîte, après dix ans, a pris feu. Je suis sûre que c'est lui qui y a mis le feu.

» Dans le même château, il y avait au moins trois nourrices, trois vieilles femmes, j'ignore les nourrices de qui, car Larski est enfant unique, et qui vivaient largement, sans rien faire, dans les dépendances.

» Je pourrais t'en raconter longtemps comme ça.

» Qu'est-ce que tu as?

— Rien.

Il venait tout simplement de la voir dans la glace, comme la première nuit, un peu de travers, un peu déformée. Et ce fut la dernière épreuve, sa dernière hésitation.

— Tu crois que je dois accepter?

— Nous verrons ça.

— Moi, c'était pour toi... Je veux dire... Ne te vexe pas... pour que je ne sois pas tout à fait à ta charge, tu comprends?

— Mais oui, chérie.

Il avait presque envie de rire. C'était un peu grotesque. Elle retardait tellement, avec son pauvre amour, sur le sien, à lui, qu'elle ne mesurait pas encore et qu'il allait lui offrir!

Et elle avait si peur! Elle était si décontenancée! Elle mangeait à nouveau avec une lenteur calculée, par peur de l'inconnu qui l'attendait, puis elle allumait son inévitable cigarette.

— Ma pauvre Kay.

— Quoi? Pourquoi dis-tu pauvre?

— Parce que je t'ai fait mal, un tout petit peu, en passant. Mais je crois que c'était nécessaire. Je m'empresse d'ajouter que je ne l'ai pas fait exprès, mais simplement parce que je suis un homme, et que cela arrivera peut-être encore.

— Dans notre chambre?

— Non.

Et elle lui lançait un regard reconnaissant. Elle se méprenait. Parce qu'elle ne savait pas encore que cette chambre-là, c'était déjà presque le passé.

— Viens.

Elle se laissait conduire, accordait son pas au sien. June aussi, la veille, avait si bien adapté son pas à celui de l'homme que leurs hanches n'en faisaient qu'une quand ils marchaient.

— Tu sais, tu m'as fait très mal. Je ne t'en veux pas, mais...

Il l'embrassa, juste sous un lampadaire, et ce fut la première fois qu'il l'embrassait par charité, parce que le moment n'était pas encore venu.

— Tu ne veux pas que nous allions prendre un *drink* à notre petit bar?

— Non.

— Et ici, tout près au bar n° 1?

— Non.

— Bon.

Elle le suivait, obéissante, pas très rassurée peut-être, et ils approchaient de leur maison.

— Je n'aurais jamais cru que tu l'aurais amenée ici.

— Il le fallait.

Il avait hâte d'en finir. Il la poussait, presque comme il avait poussé l'autre la veille, mais lui seul savait qu'aucune comparaison n'était possible, il voyait la fourrure flotter devant lui, dans l'escalier, les jambes claires qui s'immobilisaient sur le palier.

Alors, enfin, il ouvrit la porte, tourna le commutateur, et il n'y avait rien pour accueillir Kay, il n'y avait que la chambre vide, presque froide, en désordre. Il savait qu'elle avait envie de pleurer. Peut-être souhaitait-il la voir pleurer de dépit? Il retirait son *trench-coat*, son chapeau, ses gants. Il lui enlevait son manteau et son chapeau.

Et, au moment où elle avançait déjà la lèvre inférieure dans une moue, il lui disait :

— Vois-tu, Kay, j'ai pris une grande décision.

Elle avait encore peur. Elle le regardait avec des yeux affolés de petite fille et il lui prit envie de rire. N'était-ce pas un drôle d'état d'esprit pour prononcer les paroles qu'il allait prononcer?

— Je sais maintenant que je t'aime. Peu importe ce qui arrivera, si je serai heureux ou malheureux, mais, d'avance, j'accepte. Voilà ce que je voulais te dire, Kay. Voilà ce que je m'étais promis de te crier au téléphone, non seulement la première nuit, mais cette nuit encore, en dépit de tout. Je t'aime, quoi qu'il advienne, quoi que j'aie à subir, quoi que je...

Et c'était son tour d'être dérouté parce qu'au lieu de se jeter dans ses bras, comme il l'avait prévu, elle restait toute blanche, toute froide, au milieu de la chambre.

N'avait-il pas eu raison de craindre qu'elle ne fût pas au diapason?

Il appela, comme si elle eût été très loin :

— Kay !...

Elle ne le regardait pas. Elle restait absente.

— Kay !...

Elle ne venait pas non plus vers lui. Son premier mouvement n'était pas de venir vers lui. Elle lui tournait le dos, au contraire. Elle pénétrait précipitamment dans la salle de bains et elle refermait la porte derrière elle.

— Kay...

Et lui restait là, désemparé, au milieu de la chambre qu'il avait voulue en désordre, avec son amour au bout de ses mains vides.

11

IL était immobile, silencieux, au fond de son fauteuil, les yeux fixés sur la porte derrière laquelle on n'entendait aucun bruit. A mesure que le temps passait, il s'apaisait, son impatience se dissolvait dans une sorte de confiance douce et insinuante qui commençait à la baigner.

Longtemps, très longtemps après, sans qu'on eût entendu le moindre craquement annonciateur, la porte s'ouvrit; il vit d'abord tourner le bouton, puis le battant s'écarta et ce fut Kay.

Il la regardait et elle le regardait. Il y avait quelque chose de changé en elle, et il était incapable de deviner quoi. Son visage, la masse de ses cheveux n'étaient pas les mêmes. Elle n'avait aucun fard et sa peau était fraîche; elle avait voyagé toute la journée et ses traits étaient détendus. Elle lui souriait en s'avançant vers lui, d'un sourire encore un peu timide et comme maladroit, et il avait l'impression presque sacrilège d'assister à la naissance du bonheur.

Debout, devant son fauteuil, elle lui tendait les deux mains, pour qu'il se levât parce qu'il y avait dans cette minute-là une solennité qui exigeait qu'ils fussent debout tous les deux.

Ils ne s'étreignaient pas, mais ils se tenaient l'un contre l'autre, joue à joue, et ils se taisaient longuement, et le silence était comme tremblant autour d'eux, et c'était elle qui osait enfin le rompre pour balbutier dans un souffle :

— Tu es venu.

Alors, il eut honte, parce qu'il pressentit la vérité.

— Je ne croyais pas que tu viendrais, François, et je n'osais même pas le souhaiter, il m'arrivait de souhaiter le contraire. Tu te souviens de la gare, de notre taxi, de la pluie, du mot que je t'ai dit alors et que je pensais que tu ne comprendrais jamais?

» Ce n'était pas un départ... C'était une arrivée...

» Pour moi...

» Et maintenant... »

Il la sentit fondre dans ses bras et il était aussi faible, aussi maladroit qu'elle, devant la chose merveilleuse qui leur arrivait.

Il voulait, parce qu'il craignait de la voir faiblir, la conduire vers le lit, mais elle protestait faiblement :

— Non...

Ce n'était pas leur place, cette nuit-là. Ils furent deux, au fond du grand fauteuil râpé, et chacun entendait battre le pouls de l'autre et sentait contre lui le souffle de l'autre.

— Ne parle pas, François. Demain...

Car demain l'aube se lèverait et il serait temps d'entrer dans la vie, tous les deux, pour toujours. Demain ils ne seraient plus seuls, ils ne seraient plus jamais seuls, et quand elle eut soudain un frisson, quand il sentit, presque en même temps, comme une vieille angoisse oubliée au fond de sa gorge, ils comprirent tous les deux qu'ils venaient, au même instant, sans le vouloir, de jeter un dernier regard sur leur ancienne solitude.

Et tous les deux se demandaient comment ils avaient pu la vivre.

— Demain... répétait-elle.

Il n'y aurait plus de chambre à Manhattan. Il n'en était plus besoin. Ils pouvaient aller n'importe où désormais, et plus besoin n'était non plus d'un disque dans un petit bar.

Pourquoi souriait-elle, avec une tendre moquerie, au moment où la lampe s'allumait, au bout de son fil, chez le petit tailleur d'en face?

Il lui pressait la main pour la questionner, car les mots non plus n'étaient plus nécessaires.

Elle disait, en caressant son front :

— Tu croyais m'avoir dépassée, n'est-ce pas? Tu te croyais très loin en avant et c'est toi, mon pauvre chéri, qui étais en arrière.

Demain serait un nouveau jour et ce jour-là allait commencer à se lever, on entendait déjà dans le lointain les premiers bruits d'une ville qui se réveille.

Pourquoi se seraient-ils pressés? Ce jour-là était à eux, et tous les autres qui suivraient, et la ville, celle-là ou une autre, n'était plus capable de leur faire peur.

Dans quelques heures, cette chambre n'existerait plus. Il y aurait des bagages au milieu de la pièce et le fauteuil dans lequel ils étaient blottis reprendrait son visage revêche de fauteuil de meublé pauvre.

Ils pouvaient regarder en arrière. Même la trace de la tête de June, dans l'oreiller, n'avait plus rien d'effrayant.

C'était Kay qui déciderait. Ils iraient en France tous les deux si elle en avait le désir et, avec elle à son côté, il reprendrait tranquillement sa place. Ou bien ils iraient à Hollywood et il recommencerait à zéro.

Cela lui était égal. Est-ce qu'ils ne recommençaient pas à zéro tous les deux?

— Je comprends, maintenant, avouait-elle, que tu n'aies pas pu m'attendre.

Il voulait l'étreindre. Il écartait les bras pour la saisir et elle glissait, toute fluide, le long de lui. Dans le jour naissant, il la voyait à genoux sur le tapis et c'était sur ses mains qu'elle posait ses lèvres avec ferveur en balbutiant :

— Merci.

Ils pouvaient se lever, écarter les rideaux sur la crudité du jour, regarder autour d'eux la nudité pauvre de la chambre.

Un nouveau jour commençait et calmement, sans crainte et sans défi, avec seulement quelques gaucheries, parce qu'ils étaient encore trop nouveaux, ils se mettaient à vivre.

Comment se trouvèrent-ils l'un devant l'autre, à un mètre l'un de l'autre, souriant tous les deux, au milieu de la pièce?

Il dit, comme si c'eût été le seul mot capable de traduire tout le bonheur qui l'habitait :

— Bonjour, Kay.

Et elle répondit, avec un tremblement des lèvres :

— Bonjour, François.

Enfin, après un long silence :

— Adieu, petit tailleur...

Et ils fermèrent les portes à clef en s'en allant.

26 janvier 1946.

OUVRAGES DE GEORGES SIMENON

AUX PRESSES DE LA CITÉ (suite)

« TRIO »

I. — La neige était sale — Le destin des Malou — Au bout du rouleau
II. — Trois chambres à Manhattan — Lettre à mon juge — Tante Jeanne
III. — Une vie comme neuve — Le temps d'Anaïs — La fuite de Monsieur Monde
IV. — Un nouveau dans la ville — Le passager clandestin — La fenêtre des Rouet
V. — Pedigree
VI. — Marie qui louche — Les fantômes du chapelier — Les quatre jours du pauvre homme
VII. — Les frères Rico — La jument perdue — Le fond de la bouteille
VIII. — L'enterrement de M. Bouvet — Le grand Bob — Antoine et Julie

PRESSES POCKET

Monsieur Gallet, décédé
Le pendu de Saint-Pholien
Le charretier de la Providence
Le chien jaune
Pietr-le-Letton
La nuit du carrefour
Un crime en Hollande
Au rendez-vous des Terre-Neuvas
La tête d'un homme
La danseuse du gai moulin
Le relais d'Alsace
La guinguette à deux sous
L'ombre chinoise
Chez les Flamands
L'affaire Saint-Fiacre
Maigret
Le fou de Bergerac
Le port des brumes
Le passager du « Polarlys »
Liberty Bar
Les 13 coupables
Les 13 énigmes
Les 13 mystères
Les fiançailles de M. Hire
Le coup de lune
La maison du canal
L'écluse n° 1
Les gens d'en face
L'âne rouge
Le haut mal
L'homme de Londres

A LA N.R.F.

Les Pitard
L'homme qui regardait passer les trains
Le bourgmestre de Furnes
Le petit docteur
Maigret revient
La vérité sur Bébé Donge
Les dossiers de l'Agence O
Le bateau d'Émile
Signé Picpus
Les nouvelles enquêtes de Maigret
Les sept minutes
Le cercle des Mahé
Le bilan Malétras

ÉDITION COLLECTIVE SOUS COUVERTURE VERTE

I. — La veuve Couderc — Les demoiselles de Concarneau — Le coup de vague — Le fils Cardinaud
II. — L'Outlaw — Cour d'assises — Il pleut, bergère... — Bergelon
III. — Les clients d'Avrenos — Quartier nègre — 45° à l'ombre
IV. — Le voyageur de la Toussaint — L'assassin — Malempin
V. — Long cours — L'évadé
VI. — Chez Krull — Le suspect — Faubourg
VII. — L'aîné des Ferchaux — Les trois crimes de mes amis
VIII. — Le blanc à lunettes — La maison des sept jeunes filles — Oncle Charles s'est enfermé
IX. — Ceux de la soif — Le cheval blanc — Les inconnus dans la maison
X. — Les noces de Poitiers — Le rapport du gendarme G. 7
XI. — Chemin sans issue — Les rescapés du « Télémaque » — Touristes de bananes
XII. — Les sœurs Lacroix — La mauvaise étoile — Les suicidés
XIII. — Le locataire — Monsieur La Souris — La Marie du Port
XIV. — Le testament Donadieu — Le châle de Marie Dudon — Le clan des Ostendais

MÉMOIRES

Lettre à ma mère
Un homme comme un autre
Des traces de pas
Les petits hommes
Vent du nord vent du sud
Un banc au soleil
De la cave au grenier
A l'abri de notre arbre
Tant que je suis vivant
Vacances obligatoires
La main dans la main
Au-delà de ma porte-fenêtre
Je suis resté un enfant de chœur
A quoi bon jurer?
Point-virgule
Le prix d'un homme
On dit que j'ai soixante-quinze ans
Quand vient le froid
Les libertés qu'il nous reste
La Femme endormie
Jour et nuit
Destinées
Quand j'étais vieux
Mémoires intimes

Achevé d'imprimer en décembre 1986
sur les presses de l'Imprimerie Bussière
à Saint-Amand-Montrond (Cher)

— N° d'édit. 148. — N° d'imp. 3284. —
Dépôt légal : 1er trimestre 1968.

Imprimé en France